AF202291

Tucholsky Wagner Zola Scott Sydow Freud Schlegel
Turgenev Wallace Fonatne
Twain Walther von der Vogelweide Fouqué Friedrich II. von Preußen
Weber Freiligrath Frey
Fechner Fichte Weiße Rose von Fallersleben Kant Ernst Frommel
Richthofen
Hölderlin
Fehrs Engels Fielding Eichendorff Tacitus Dumas
Faber Flaubert
Eliasberg Ebner Eschenbach
Feuerbach Maximilian I. von Habsburg Fock Eliot Zweig
Ewald Vergil
Goethe Elisabeth von Österreich London
Mendelssohn Balzac Shakespeare Dostojewski Ganghofer
Lichtenberg Rathenau Doyle Gjellerup
Trackl Stevenson Tolstoi Hambruch
Mommsen Lenz Hanrieder Droste-Hülshoff
Thoma von Arnim Hägele
Dach Verne Hauff Humboldt
Reuter Rousseau Hagen Hauptmann Gautier
Karrillon Garschin
Damaschke Defoe Hebbel Baudelaire
Descartes Hegel Kussmaul Herder
Wolfram von Eschenbach Dickens Schopenhauer
Darwin Melville Grimm Jerome Rilke George
Bronner Campe Horváth Aristoteles Bebel Proust
Bismarck Vigny Barlach Voltaire Federer Herodot
Gengenbach Heine
Storm Casanova Lessing Tersteegen Gilm Grillparzer Georgy
Chamberlain Langbein Gryphius
Brentano Lafontaine
Strachwitz Claudius Schiller Schilling Kralik Iffland Sokrates
Katharina II. von Rußland Bellamy
Gerstäcker Raabe Gibbon Tschechow
Löns Hesse Hoffmann Gogol Wilde Gleim Vulpius
Luther Heym Hofmannsthal Klee Hölty Morgenstern
Roth Heyse Klopstock Kleist Goedicke
Luxemburg Puschkin Homer Mörike Musil
La Roche Horaz
Machiavelli Kierkegaard Kraft Kraus
Navarra Aurel Musset Lamprecht Kind Hugo Moltke
Nestroy Marie de France Kirchhoff
Laotse Ipsen Liebknecht
Nietzsche Nansen Ringelnatz
Marx Lassalle Gorki Klett Leibniz
von Ossietzky May vom Stein Lawrence Irving
Petalozzi Platon Knigge
Sachs Poe Pückler Michelangelo Kock Kafka
Liebermann
de Sade Praetorius Mistral Zetkin Korolenko

Der Verlag tredition aus Hamburg veröffentlicht in der Reihe **TREDITION CLASSICS** Werke aus mehr als zwei Jahrtausenden. Diese waren zu einem Großteil vergriffen oder nur noch antiquarisch erhältlich.

Symbolfigur für **TREDITION CLASSICS** ist Johannes Gutenberg (1400 — 1468), der Erfinder des Buchdrucks mit Metalllettern und der Druckerpresse.

Mit der Buchreihe **TREDITION CLASSICS** verfolgt tredition das Ziel, tausende Klassiker der Weltliteratur verschiedener Sprachen wieder als gedruckte Bücher aufzulegen – und das weltweit!

Die Buchreihe dient zur Bewahrung der Literatur und Förderung der Kultur. Sie trägt so dazu bei, dass viele tausend Werke nicht in Vergessenheit geraten.

Henrich Stillings Wanderschaft

Eine wahrhafte Geschichte

Johann Heinrich Jung-Stilling

Impressum

Autor: Johann Heinrich Jung-Stilling
Umschlagkonzept: toepferschumann, Berlin

Verlag: tredition GmbH, Hamburg
ISBN: 978-3-8424-9107-6
Printed in Germany

Johann Heinrich Jung-Stilling

Henrich Stillings Wanderschaft

Eine wahrhafte Geschichte

Sowie Henrich Stilling den Berg hinunter ins Tal ging, und sein Vaterland aus dem Gesicht verlor, so wurde auch sein Herz leichter; er fühlte nun, wie alle Verbindungen und alle Beziehungen, in welchen er bis dahin so ängstlich geseufzet hatte, aufhörten, und deswegen atmete er freie Luft, und war völlig vergnügt.

Das Wetter war unvergleichlich schön; des Mittags trank er in einem Wirtshaus, das einsam am Wege stand, ein Glas Bier, aß ein Butterbrot dazu, und wanderte darauf wieder seine Straße, die ihn durch wüste und öde Örter, des Abends, nach Sonnenuntergang, in ein elendes Dörfchen brachte, welches, in einer morastigen Gegend, in einem engen Tal, in den Gesträuchen lag; die Häuser waren elende Hütten, und stunden mehr in der Erden als auf derselben. An diesem Ort war er nicht willens gewesen zu übernachten, sondern zwo Stunden weiter; allein da er sich des Morgens früh irr gegangen hatte, konnte er so weit nicht kommen.

An dem ersten Hause fragte er: ob niemand im Dorfe wohne, der Reisende beherberge? Man wies ihm ein Haus, er ging dahinein und fragte: ob er hier übernachten könnte? die Frau sagte: »Ja.« Er ging in die Stube, setzte sich hin, und legte seinen Reisesack ab. Der Hausvater kam herein, einige kleine Kinder versammleten sich bei dem Tisch, und die Frau brachte ein Tranlicht, welches sie, an eine hänfene Schnur, mitten in der Stuben, aufhing; alles sah so ärmlich, und, die Wahrheit zu sagen, so verdächtig aus, daß Stilling angst und bange wurde, und lieber im wilden Wald geschlafen hätte; doch das war ganz unnötig, denn er besaß nichts, das Stehlens wert war. Indessen brachte man ihm ein irdenes Schüsselchen mit Sauerkraut, ein Stück Speck dabei, und darauf ein paar gebackne Eier. Er ließ sich's gut schmecken, und legte sich aufs Stroh, das man ihm in der Stube bereitet hatte. Er schlief vor Mitternacht, mehrenteils aus Angst, nicht viel.

Der Wirt und seine Frau schliefen auch in der Stuben in einem Alkoven. Gegen zwölf Uhr hörte er die Frau zum Mann sagen: »Arnold, schläfst du?« »Nein, Trine«, antwortete er, »ich schlafe nicht.« Stilling horchte, holte aber mit Fleiß stark Odem, damit sie glauben sollten, er schliefe fest.

»Was mag das wohl für ein Mensch sein?« sagte die Frau. Arnold erwiderte: »Das mag Gott wissen! ich habe den ganzen Abend nachgedacht, er sprach nicht viel; sollte es auch wohl eine rechte Sache mit dem Menschen sein?«

»Denk doch nicht gleich was Arges von den Leuten!« versetzte Trine, »er sieht so ehrlich aus, wer weiß, was er all vor Unglück erlebt hat! gewiß er dauert mich; sobald als er zur Tür hineintrat, kam er mir so traurig vor; unser Herr Gott woll' ihm doch beistehn! ich kann sehen: daß er etwas auf dem Herzen hat.«

»Du hast recht, Trine!« antwortete Arnold, »Gott verzeih mir meinen Argwohn! ich dachte just an den Schulmeister aus dem salenschen Land, der vor ein paar Jahren hier schlief, der war just so gekleidet, und wir hörten hernach, daß er ein Goldmünzer gewesen.«

»Arnold!« sagte Trine, »du kannst auch die Leute gar nicht aus dem Gesicht kennen, der sah so schwarz und so finster aus den Augen, und durfte einen nicht ansehen, dieser aber sieht so freundlich und so gut aus, er hat wahrlich ein gut Gewissen.«

»Ja, ja!« schloß Arnold, »Wir wollen ihn unseren Herr Gott befehlen, der soll ihm wohl helfen, wenn er fromm ist.«

Nun schliefen die guten Leute wieder; Stilling wurde aber so vergnügt auf seinem Stroh, er fühlte den Stillingschen Geist um sich wehen, und schlief so sanft, bis an den Morgen, als wenn er in Eiderdunen gelegen hätte. Sobald er erwachte, war schon sein Wirt und Wirtin am Ankleiden; er sah sie beide lächelnd an, und wünschte ihnen einen guten Morgen. Sie fragten ihn: wie er geschlafen hätte? er antwortete: »Nach Mitternacht recht wohl.« »Ihr waret gestern abend wohl recht müde«, sagte Trine, »Ihr sahet so traurig aus.« Stilling erwiderte: »Lieben Freunde! ich war nicht so sehr müde, allein ich hab viel in meinem Leben ausgestanden, und sehe deswegen trauriger aus, als ich bin; dazu muß ich bekennen, ich war bang, ob ich auch bei frommen Leuten wäre.« »Ja«, sagte Arnold, »Ihr seid bei Leuten, die Gott fürchten und gern selig werden wollen; wenn Ihr große Schätze bei Euch hättet, sie wären bei uns verwahrt.« Stilling reicht ihm seine rechte Hand, und sagte mit der zärtlichsten Miene: »Gott segne Euch! so sind wir einer Meinung.« »Trine!« fuhr Arnold fort, »mach uns einen guten Tee, hol etwas vom besten Milchrahm dazu, da wollen wir drei so zusammen trinken, wir möchten nicht wieder zusammenkommen.« Die Frau war hurtig und froh, sie tat gern, was der Mann sagte. Nun tranken die drei den Tee, und waren alle daheim. Stilling floß über von Freundschaft und Empfindung, es tat ihm wehe von den Leuten wegzugehen, die Augen gingen ihnen allen über als er Abschied nahm. Aufs neue gestärkt wanderte er wieder seinen Weg fort.

Nach fünf Stunden, da es gerad Mittag war, kam er in einen schönen Flecken, der in einer angenehmen Gegend lag; er fragte nach einem guten Wirtshause; man wies ihm eins an der Straße, er ging hinein, trat in die Stube, und forderte etwas zu essen. Hier saß ein alter Mann am Ofen; der Schnitt seiner Kleider zeigte etwas Vornehmes, die eigentliche Beschaffenheit derselben aber, daß er weit von seinem ehemaligen Zustand heruntergekommen sein mußte; sonst waren zween Jünglinge und ein Mädchen daselbst, deren tiefe Trauerkleider den Verlust eines nahen Anverwandten vermuten ließen. Das Mädchen besorgte die Küche, sie sahe modest und reinlich aus.

Stilling setzte sich gegen den alten Mann über; sein offenes Gesicht und seine Freundlichkeit erweckte den Greis, daß er sich mit ihm in ein Gespräch einließ. Beide wurden bald vertraulich, so, daß Stilling seine ganze Geschichte erzählte. Conrad Brauer (so hieß der Alte) verwunderte sich über ihn, und weissagte ihm viel Guts. Nun rüstete sich der ehrliche Mann auch, um seine Schicksale zu erzählen; das tat er einem jeden, der nur Lust hatte, ihm zuzuhören; dieses geschah vor, während und nach dem Mittagessen. Die jungen Leute, welche seines Bruders Kinder waren, mochten das alles wohl hundertmal gehört haben; sie merkten nicht sonderlich auf, doch bekräftigten sie zuweilen etwas, das unglaublich war. Stilling hörte indessen fleißiger zu; denn Erzählen war doch ohnehin seine Lieblingssache. Conrad Brauer fing folgendermaßen an:

»Ich bin der älteste unter dreien Brüdern; der mittlere ist ein reicher Kaufmann an diesem Ort, und der jüngste war der Vater dieser Kinder, deren Mutter vor einigen Jahren, mein Bruder aber vor wenig Wochen gestorben ist. Ich legte mich in meiner Jugend aufs Wollenweberhandwerk; und da wir von unsern Eltern nichts ererbt hatten, so führte ich meine beiden Brüder mit dazu an, doch der jüngste tat eine gute Heurat hier in dieses Haus; er verließ also das Handwerk und wurde ein Wirt. Ich und mein mittelster Bruder setzten unterdessen die Fabrik fort. Ich war glücklich, und kam unter Gottes Segen in eine gute Handlung, so, daß ich Wohlstand und Reichtum erlangte; ich ließ es meinem mittleren Bruder reichlich genießen. Ja, Gott weiß, daß ich's getan habe!

Indessen fing mein Bruder eine sonderbare Freierei an. Hier in der Nähe wohnte eine alte Frauensperson, die wenigstens sechzig Jahr' alt, und dabei aus der Maßen häßlich war, so, daß man sie auch wegen ihrer übermäßigen Unreinlichkeit, sozusagen, mit keiner Zange hätte anfassen sollen. Diese alte Jungfer war sehr reich, dabei aber so geizig, daß sie kaum satt Brot und Wasser genoß. Die gemeine Rede ging. daß sie ihr vieles Geld in einem Sack habe, den sie an einem ganz unbekannten Ort verborgen hätte. Mein Bruder ging dahin, und suchte das ausgelöschte Feuer dieser Person wiederum anzuzünden, es gelang ihm auch nach Wunsch, sie wurde verliebt in ihm, und er auch in sie, so, daß Trauung und Hochzeit bald vor sich gingen. Mit der Entdeckung des Hausgötzens wollte es aber lange nicht recht fort, doch geriet es meinem braven Bruder endlich auch, er fand ihn, und brachte ihn mit Freuden in Sicherheit; das kränkte nun die gute Schwägerin, daß sie die Auszehrung bekam, und zu großer Freude meines Bruders starb.

Er hielt ehrlich die Trauerzeit aus, suchte sich aber unter der Hand eine junge, die ungefähr so schwer sein mochte, als er ganz unschuldigerweise geworden war; diese nahm er, und nun fing er an, mit seinem Geld zu wuchern, und zwar auf meine Unkosten; denn er handelte mit Wollentuch, und so stach er mir alle meine Handlungsfreunde ab, indem er immer die Waren wohlfeiler umschlug, als ich. Hierüber fing ich an zurückzugehen, und meine

Sachen verschlimmerten sich von Tag zu Tag. Dieses sah er wohl, er fing daher an, freundlich gegen mich zu sein, und versprach mir Geld vorzuschießen, soviel ich nötig haben würde; ich war so töricht, ihm zu glauben; endlich, als es ihm Zeit deuchte, nahm er mir alles, was ich auf der Welt hatte; meine Frau kränkte sich zu Tod, und ich leb in Elend, Hunger und Kummer; meinen seligen Bruder hier im Haus hat er auf eben die Weise aufgefressen.«

»Ja, das ist wahr!« sagten die drei Kinder, und weinten.

Stilling hörte diese Geschichte mit Entsetzen; er sagte: »Das ist wohl einer von den abscheulichsten Menschen unter der Sonnen, dem wird's in jener Welt sauer eingetränkt werden.«

»Ja!« sagte der alte Brauer, »darauf lassen's solche Leute ankommen.«

Nach dem Essen ging Stilling an ein Klavier, das an der Wand stand, spielte und sang dazu: »Wer nur den lieben Gott läßt walten.« Der Alte faltete die Hände, und sang aus vollem Halse mit, so, daß ihm die Tränen über die Wangen herabrollten, desgleichen taten auch die drei jungen Leute.

Nun bezahlte Stilling, was er verzehrt hatte, gab einem jeden die Hand, und nahm Abschied. Alle waren vertraulich mit ihm, und begleiteten ihn vor die Haustür, wo sie ihm noch einmal alle vier die Hand gaben, und ihm dem Schutz Gottes empfohlen.

Er wanderte also wiederum die Schönenthaler Landstraße fort, und freute sich von Herzen über all die guten Leute, die er bis dahin angetroffen hatte. Diesen Flecken will ich Holzheim nennen, denn ich werde doch mit meiner Geschichte wieder dahin müssen.

Von hier bis Schönenthal hatte er nur noch fünf Stunden zu reisen; da er sich aber zu Holzheim ziemlich lange aufgehalten hatte, so konnte er des Abends nicht wohl dahin kommen; er blieb also eine starke Stunde diesseits in dem Städtchen Rasenheim über Nacht liegen. Die Leute wobei er herbergte, waren nicht für ihn, und deswegen blieb er auch still und verschlossen.

Des andern Morgens begab er sich auf den Weg nach Schönenthal. Als er auf die Höhe kam, und die unvergleichliche Stadt mit dem paradiesischen Tal überschaute, so freute er sich, setzte sich hin auf den Rasen, und beschaute das alles eine Weile; hiebei stieg ihm der Wunsch so tief aus dem Innersten seiner Seele empor: »Ach Gott! möcht' ich doch da mein Leben beschließen!«

Nun überlegte er erst, was er wohl eigentlich beginnen wollte. Der Abscheu vor dem Schneiderhandwerk verleitete ihn, an eine Kondition, bei einem Kaufmann, zu denken; da er nun zu Schönenthal niemand wußte, an den er sich adressieren könnte, so fiel ihm ein, daß Herr Dahlheim in dem Flecken Dornfeld, der dreiviertel Stund' ostwärts Schönenthal das Tal hinauf liegt, Prediger sei; alsofort nahm er sich vor, dahin zu gehen, und sich demselben zu entdecken. Er stand auf, ging langsam den Berg hinunter, um alles wohl besehen zu können, und vollends in die Stadt hinein.

Hier bemerkte er alsofort, was Manufakturen und Handlung einem Ort vor Segen und Wohlstand zuwenden können; die prächtigen Paläste der Kaufleute, die zierlichen Häuser der Bürger und Handwerksleute, nebst der überaus großen Reinlichkeit, die sich sogar in den Kleidern der Mägde und geringen Leute äußerte, entzückte ihn ganz, hier gefiel es ihm überaus wohl. Er ging durch die ganze Stadt, und das Tal hinauf, bis nach Dornfeld. Er fand Herrn Dahlheim zu Haus, erzählte ihm auch kurz und gut seine Umstände, allein der gute Herr Pastor wußte keine Gelegenheit für ihn. Stilling war noch nicht erfahren genug, sonst hätte er leicht denken können, daß man so keinen Menschen von der Straßen in Handlungsdienste aufnimmt; denn Herrn Dahlheim, ob er gleich aus dem salenschen Lande zu Haus war, kannte doch weder Stilling noch seine Familie.

Er reiste also wieder zurück nach Schönenthal, und war halb willens, sich für einen Schneiderburschen anzugeben; doch, als er im Vorbeigehen längs einer Schneiderswerkstatt gewahr wurde, daß es hier Mode sei mit übereinandergeschlagenen Beinen auf dem Tisch zu sitzen, so schreckte ihn dieses wieder ab, denn er hatte noch nie anders als vor dem Tisch auf einem Stuhl gesessen. Indem er nun so fürbaß in den Gassen auf und ab ging, sah er ein Pferd mit zween Körben auf dem Rücken, und einen ziemlich wohlgekleideten Mann dabeistehen, und die Körbe festbinden. Da nun dieser Mann so ziemlich aussahe, so fragte ihn Stilling: ob er diesen Abend noch aus der Stadt ginge? Der Mann sagte: »Ja! ich bin der Bote von Schauberg, und gehe alsofort dahin ab.« Stilling erinnerte sich, daß daselbst der junge Herr Stollbein, des Florenburger Predigers Sohn, Pastor sei, desgleichen, daß sich verschiedene salensche Schneiderburschen daselbst aufhielten: er beschloß also mit dem Boten dahin zu gehen; dieser ließ es auch gerne geschehen. Schauberg liegt drei Stunden südwestwärts von Schönenthal ab.

Unterwegs suchte Stilling mit dem Boten vertraulich zu werden. Wenn es nun der ehrliche Wandsbecker gewesen wäre, so würden die beiden einen hübschen Diskurs gehalten haben; allein das war er nicht. Obgleich der Schauberger unter vielen einer der rechtschaffensten sein mochte, denn er nahm Stillings Reisesack umsonst auf dem Pferd mit, so war er doch kein empfindsamer Bote, sondern nur bloß ein guter ehrlicher Mann, welches schon viel ist. Sobald als sie zu Schauberg ankamen, begab er sich zum Herrn Pastor Stollbein; dieser hatte nun seinen Großvater wohl gekannt, desgleichen seine selige Mutter, auch kannte er seinen Vater, denn sie waren Knaben zusammen gewesen.

Stollbein freute sich herzlich über diesen Landsmann; er riet ihm alsofort, sich ans Handwerk zu geben, damit er an Brot kommen möchte, indessen wollte er Fleiß anwenden, um ihm zu einer anständigen Kondition zu verhelfen. Er ließ augenblicklich einen Schneiderburschen zu sich kommen, welchen er fragte: Ob nicht für diesen Fremden eine Gelegenheit in der Stadt sei? »O ja!« antwortete jener: »er kommt, als wenn er gerufen wär'; Meister Nagel ist sehr verlegen um einen Gesellen.« Stollbein schickte die Magd mit Stillingen hin, und er wurde mit Freuden auf- und angenommen.

Als er nun des Abends zu Bette ging, so überdachte er seinen Wechsel und die treue Vorsorge des Vaters im Himmel. Ohne Vorsatz wohin? war er aus seinem Vaterlande gegangen, die Vorsehung hatte ihn drei Tage gütig geleitet, und schon des dritten Tages am Abend war er wieder versorgt. Jetzt leuchtete ihm ein, welch eine große Wahrheit es sei, was ihm sein Vater so oft gesagt hatte: »Ein Handwerk ist ein teures Geschenk Gottes, und hat einen güldnen Boden.« Er wurde ärgerlich über sich selbst, daß er diesem schönen Beruf so feind war; er betete herzlich zu Gott, dankte ihm für seine gnädige Führung, und legte sich schlafen.

Des Morgens früh stund er auf, und setzte sich an die Werkstatt. Meister Nagel hatte keinen andern Gesellen als ihn, aber seine Frau, seine beiden Töchter, und zween Knaben halfen alle Kleider machen.

Stillings Behendigkeit, und ungemeine Geschicklichkeit im Schneiderhandwerk gewann ihm alsofort die Gunst seines Meisters; seine freundliche Gesprächigkeit und Gutherzigkeit aber die Liebe und Freundschaft der Frauen und der Kinder. Er war kaum drei Tage dagewesen, so war er schon zu Hause; und weilen er weder Vorwürfe noch Verfolgungen zu befürchten hatte, so war er vor die Zeit sozusagen vollkommen vergnügt.

Den ersten Sonntag nachmittag verwendete er aufs Briefschreiben, indem er seinem Vater, seinem Oheim und sonstigen guten Freunden seine gegenwärtige Umstände berichtete, um seine Familie zu beruhigen; denn man kann denken, daß sie so lange um ihn sorgten, bis sie wußten, daß er am Brot war. Er erhielt auch bald freundschaftliche Antworten auf diese Briefe, worin er zur Demut und Rechtschaffenheit ermahnet, und vor aller Gefahr im Umgang mit unsichern Leuten gewarnt wurde.

Indessen wurde er bald in ganz Schauberg bekannt. Des Sonntags vormittags, wenn er in die Kirche ging, so ging er nirgend anders als auf die Orgel; und weilen der Organist ein steinalter und ungeschickter Mann war, so getraute sich Stilling während dem Singen und beim Ausgang aus der Kirche besser zu spielen; denn ob er gleich das Klavierspielen nie kunstmäßig, sondern bloß aus eigener Übung und Nachdenken gelernt hatte, so spielte er doch den Choral ganz richtig nach den Noten, und vollkommen vierstimmig; er ersuchte deswegen den Organisten, ihn spielen zu lassen; dieser war von Herzen froh, und ließ ihn immer spielen. Weilen er nun in den Vor- und Zwischenläufen beständig mit Sexten und Terzen um sich warf, und gern die sanftesten und rührendsten Register zog, wodurch das Ohr des gemeinen Mannes, und derer, die keine Musik verstehen, am mehresten gerühret wird, und weilen er beim Ausgang aus der Kirche auch immer ein harmonisches Singestück, das aber allezeit entweder traurig oder zärtlich war, spielte, wobei fast immer die Flötenregister mit dem Tremulanten gebraucht wurden: so war alles aufmerksam auf den sonderbaren Organisten; der mehreste Haufen stund vor der Kirchen, bis er von der Orgel herunter, und zur Kirchentür heraus kam; dann steckten die Leute die Köpfe zusammen, und fragten sich untereinander: was das vor ein Mensch sein möchte? Endlich ward's allgemein bekannt, es war des Schneider Nagels sein Geselle.

Wenn jemand zu Meister Nagel kam, besonders Leute von Kondition, Kaufleute, Beamten, oder auch wohl Gelehrte, die etwas wegen Kleidersachen zu bestellen hatten: so ließen sie sich mit Stillingen, wegen des Orgelschlagens, in ein Gespräch ein; da brachte dann ein Wort das andere. Er mischte zu der Zeit viele lateinische Brocken mit in seine Reden, sonderlich wenn er mit Leuten umging, von denen er vermutete, daß sie Latein verstünden; das setzte dann alle in Erstaunen, nicht daß er eben ein Wunder von Gelehrsamkeit gewesen wäre, sondern weilen er da saß und nähte, und doch so sprach, welches in einer Person vereinigt, besonders in Schauberg, etwas Unerhörtes war. Alle Menschen, Vornehme und Geringe, kamen und liebten ihn, und dieses war eigentlich Stillings Element; wo man ihn nicht kannte, war er still, und wo man ihn nicht liebte, traurig. Meister Nagel und alle seine Leute ehrten ihn dergestalt, daß er mehr Herr als Geselle im Hause war.

Die vergnügtesten Stunden hatten sie alle zusammen des Sonntags nachmittags; dann gingen sie oben ins Haus auf eine schöne Kammer, deren Aussicht ganz herrlich war; hier las ihnen Stilling aus einem Buch vor, das die Frau Nagels geerbt hatte; es war ein alter Foliant mit vielen Holzschnitten, das Titelblatt war verloren, es handelte von den niederländschen Geschichten und Kriegen, unter der Statthalterschaft der Herzogin von Parma, des Herzogs von Alba, des großen Commeters usw., nebst den wunderbaren Schicksalen des Prinzen Moritzens von Nassau; hiebei verhielt sich nun Stilling wie ein Professor, der Lehrstunden hält; er erklärte, er erzählte ein und anderes dazwischen, und seine Zuhörer waren ganz Ohr. Erzählen ist immer so seine Sache gewesen, und Übung macht endlich den Meister.

Gegen Abend ging er alsdenn mit seinem Meister, oder vielmehr mit seinem Freund Nagel um die Stadt spazieren; und weilen dieselbe auf einer Höhe, kaum fünf Stunden vom Rhein abliegt, so war dieser Spaziergang wegen der herrlichen Aussicht unvergleichlich.

Westwärts sah man eine große Strecke hin, diesen prächtigen Strom im Schimmer der Abendsonne, majestätisch auf die Niederlande zueilen: rund umher lagen tausend buschichte Hügel, wo überall entweder blühende Bauerhöfe, oder prächtige Kaufmannspaläste zwischen den grünen Bäumen hervorguckten; dann waren Nagels und Stillings Gespräche herzlich und vertraulich, sie ergossen sich ineinander, und Stilling ging ebenso vergnügt schlafen, als er auch ehmalen zu Zellberg getan hatte.

Herr Pastor Stollbein hatte seine herzliche Freude daran, daß sein Landsmann Stilling so allgemein beliebt war, und er machte ihm Hoffnung, daß er ihn mit der Zeit würde anständig versorgen können.

So angenehm verflossen dreizehn Wochen, und ich kann sagen: daß Stilling während der Zeit sich weder seines Handwerks schämte, noch sonsten großes Verlangen trug, davon abzukommen. Um das Ende dieser Zeit, etwa mitten im Julius, ging er an einem Sonntag nachmittag durch eine Gasse der Stadt Schauberg; die Sonne schien angenehm, und der Himmel war hier und da mit einzelnen Wolken bedeckt; er hatte weder tiefe Betrachtungen, noch sonst etwas Sonderliches in den Gedanken; von ohngefähr blickte er in die Höhe und sah eine lichte Wolke über seinem Haupte hinziehen; mit diesem Anblick durchdrang eine unbekannte Kraft seine Seele, ihm wurde so innig wohl, er zitterte am ganzen Leibe, und konnte sich kaum enthalten, daß er nicht darniedersank; von dem Augenblick an fühlte er eine unüberwindliche Neigung, ganz für die Ehre Gottes, und das Wohl seiner Mitmenschen zu leben und zu sterben; seine Liebe zum Vater der Menschen, und zum göttlichen Erlöser, desgleichen zu allen Menschen, war in dem Augenblick so groß, daß er willig sein Leben aufgeopfert hätte, wenn's nötig gewesen wäre. Dabei fühlte er einen unwiderstehlichen Trieb, über seine Gedanken, Worte und Werke zu wachen, damit sie alle gottgeziemend, angenehm, und nützlich sein möchten. Auf der Stelle machte er einen festen und unwiderruflichen Bund mit Gott, sich hinführo lediglich Seiner Führung zu überlassen, und keine eitle Wünsche mehr zu hegen, sondern, wenn es Gott gefallen würde, daß er lebenslang ein Handwerksmann bleiben sollte, willig und mit Freuden damit zufrieden zu sein.

Er kehrte alsofort um, ging nach Haus, und sagte niemand von diesem Vorfall etwas, sondern er blieb wie er vorhin war, nur daß er weniger und behutsamer redete, welches ihn noch beliebter machte.

Diese Geschichte ist eine gewisse Wahrheit. Ich überlasse Schöngeistern, Philosophen und Psychologen, daraus zu machen, was ihnen beliebt; ich weiß wohl, was es ist, das den Menschen umkehrt, und so ganz verändert.

Diesen Sonntag, als obiges geschah, über drei Wochen ging Stilling des Nachmittags in die Kirche, nach derselben fiel ihm vor der Kirchtür ein, den Stadtschulmeister einmal zu besuchen; er verwunderte sich selbst, daß er das nicht eher getan hatte, er ging also stehendes Fußes zu ihm hin; dieser war ein ansehnlicher braver Mann, er kannte Stillingen schon, und freute sich, denselben bei sich zu sehen; sie tranken Tee zusammen, und rauchten eine Pfeife Tabak dazu. Endlich fing der Schulmeister an, und fragte: Ob er nicht Lust hätte, eine schöne Kondition anzutreten? Flugs war seine Lust dazu wieder so groß, als sie jemalen gewesen. »O ja!« antwortete er, »das wünscht' ich wohl von Herzen.« Der Schulmeister fuhr fort: »Sie kommen just als wenn Sie gerufen wären; heut hab ich einen Brief von einem vornehmen Kaufmann erhalten, der eine halbe Stunde jenseit Holzheim wohnt; er ersuchte mich in demselben, ihm einen guten Hausinformator zuzuweisen; ich hab an Sie nicht gedacht, bis Sie eben hereinkommen: nun fällt mir ein, daß Sie wohl der Mann dazu wären; wenn Sie nun nur die Stelle annehmen wollen, so ist gar kein Zweifel mehr, Sie werden sie erhalten.« Stilling jauchzte innerlich vor Freuden, und glaubte fest, jetzt sei nun endlich einmal die Stunde seiner Erlösung gekommen; er sagte also: daß es von jeher sein Zweck gewesen, mit seinen wenigen Talenten Gott und dem Nächsten zu dienen, und er ergreife diese Gelegenheit mit beiden Händen, weilen sie eine Beförderung seines Glücks sein könne. »Daran ist wohl kein Zweifel«, versetzte der Schulmeister: »es kommt nur auf Ihre Aufführung an, so können Sie mit der Zeit freilich glücklich, und befördert werden; nächsten Posttag will ich dem Herrn Hochberg schreiben, so werden Sie bald abgeholt werden.«

Nach einigen Gesprächen ging Stilling wieder nach Haus. Er erzählte alsofort diesen Vorfall Herrn Stollbein, desgleichen auch dem Meister Nagel und seinen Leuten. Der Herr Pastor war froh, Meister Nagel und die Seinigen aber trauerten, sie wendeten alle Beredsamkeit an, um ihn bei sich zu behalten, allein das war vergebens, das Handwerk stank ihm an, Zeit und Weil' wurd ihm lang, bis er an seinen bestimmten Ort kam: doch fühlte er jetzt etwas in seinem Innern, das diesem Beruf beständig widersprach; dies unbekannte Etwas überzeugte ihn in seinem Gemüt, daß diese Neigung wiederum aus dem alten verderbten Grund herrühre; dieses neue Gewissen, wenn ich so reden darf, war erst seit dem gemeldeten Sonntag in ihm aufgewacht, da er eine so gewaltige Veränderung bei sich verspürt hatte. Diese Überzeugung kränkte ihn, er fühlte wohl, daß sie wahr war, allein seine Neigung war allzu stark, er konnte ihr nicht widerstehen; dazu fand sich eine Art von Schlange bei ihm ein, welche sich durch die Vernunft zu helfen suchte, indem sie ihm vorstellte: ›Ja sollte Gott das wohl haben wollen, daß du da ewig an der Nähnadel sitzen bleiben sollst, und deine Talente vergräbst? Keineswegs! du mußt bei der ersten Gelegenheit damit wuchern, laß dich das nicht weiß machen, es ist bloß eine hypochondrische Grille‹; alsdenn warf das Gewissen wieder ein: ›Wie oft hast du aber mit deinen Talenten in der Unterweisung der Jugend wuchern wollen, und wie ist's dir dabei gegangen?‹ – Die Schlange wußte dagegen einzuwenden: das seien lauter Läuterungen gewesen, die ihn zu einem wichtigern Geschäfte hätten tüchtig machen sollen. Nun glaubte Stilling der Schlangen, und das Gewissen schwieg.

Schon den folgenden Sonntag kam ein Bote von Herrn Hochberg, der Stilling abholte. Alle weinten bei seinem Abschied, er aber ging mit Freuden. Als sie nach Holzheim kamen, so gingen sie zu dem alten Brauer, der Stillingen bei seiner Durchreise seine Geschichte erzählt hatte; er erzählte dem ehrlichen Alten sein neues Glück, dieser freute sich, wie es schien, nicht so sonderlich darüber, doch sagte er: »Das ist schon für Sie ein hübscher Anfang.« Stilling aber dachte dabei: der Mann kann seine Ursachen haben, daß er so spricht.

Nun gingen sie noch eine halbe Stunde weiter, und kamen an Hochbergs Haus an. Dieses lag in einem kleinen angenehmen Tal an einem schönen Bach, nicht weit von der Landstraße, die Stilling gekommen war. Als sie ins Haus traten, so kam die Frau Hochberg aus der Stube heraus. Sie war prächtig gekleidet, und eine Dame von ungemeiner Schönheit; sie grüßte Stillingen freundlich, und hieß ihn in die Stube gehen; er ging hinein, und fand ein herrlich möbliertes und schön tapeziertes Zimmer; zween wackere junge Knaben kamen herein, nebst einem artigen Mädchen; die Knaben waren in rote scharlachene Kleider auf Husarenmanier gekleidet, das Mädchen aber völlig im Ton einer jungen Prinzessin. Die guten Kinder kamen, um dem neuen Lehrmeister ihre Aufwartung zu machen, sie bückten sich nach der Kunst, und traten herzu, um ihm die Hand zu küssen. Das war Stillingen nun in seinem Leben noch nicht widerfahren, er wußte sich gar nicht darein zu schicken, noch was er sagen sollte; sie ergriffen seine Hand; da er ihnen nun die hohle Hand hinhielt, so mußten sie sich plagen, dieselbe herumzudrehen, um mit dem kleinen Mäulchen oben auf die Hand zu kommen. Nun merkte Stilling, wie man sich bei der Gelegenheit anstellen müsse. Die Kinder aber hüpften wieder fort, und waren froh, daß sie ihre Sache vollendet hatten.

Herr Hochberg und sein alter Schwiegervater waren in die Kirche gegangen. Die Frau aber war in der Küche, um ein und anderes zu veranstalten, also befand sich Stilling allein in der Stube; er merkte sehr wohl, was hier zu tun war, und daß ihm zwei wesentliche Stücke fehlten, um Hochbergs Hauslehrer zu sein. Er verstund die Komplimentierkunst gar nicht; ob er gleich nicht in dummer Grobheit erzogen war, so hatte er sich doch noch in seinem Leben nicht gebückt, alles war bis dahin Gruß und Händedruck gewesen. Die Sprache war sein vaterländischer Dialekt, worinnen er, aufs höchste genommen, jemand mit dem Wörtchen Sie beehren konnte. Und vors zweite: seine Kleider waren nicht modisch, und dazu nicht einmal gut, sondern schlecht und abgetragen; er hatte zwar bei Meister Nagel acht Gulden verdient; allein, was war das in so großem Mangel? – Er hatte für zween Gulden neue Schuh', für zween einen Hut, für zween ein Hemd angeschafft, und zween Gulden hatte er also noch in der Tasche. Alle diese Anlagen aber waren noch kaum an ihm zu sehen; er fühlte alsofort, daß er sich täglich würde schämen müssen, doch hatte er auch durch Aufmerksamkeit täglich mehr und mehr Lebensart zu lernen, und durch seinen treuen Fleiß, Geschicklichkeit, und gute Aufführung seine Herrschaft zu gewinnen, so daß man ihm vor und nach aus seiner Not helfen würde.

Herr Hochberg kam nun endlich auch herein, denn es war Mittag; dieser vereinigte nun alles, was nur Würde und kaufmännisches Ansehn genennt werden mag, in einer Person. Er war ein ansehnlicher Mann, lang und etwas korpulent, er hatte ein apfelrundes ganz brünettes Gesicht, mit großen pechschwarzen Augen, und etwas dicken Lippen, und wenn er redete, so sah man allezeit zwo Reihen Zähne wie Alabaster; sein Gehen und Stehen war vollkommen spanisch, doch muß ich auch dabei gestehen, daß nichts Affektiertes dabei war, sondern es war ihm alles so ganz natürlich. Sowie er hereintrat, schaute er Stillingen ebenso an, wie große Fürsten gewohnt sind, jemand anzuschauen. Stillingen drang dieser Blick durch Mark und Bein, vielleicht ebenso stark, als derjenige tat, den er neun Jahr' hernach für einen der größten Fürsten Teutschlands empfand. Allein seine Weltkenntnis mochte sich auch wohl zu der Zeit gegen die letztere verhalten, wie Hochberg gegen diesen vortrefflichen Fürsten.

Nach diesem Blick nickte Herr Hochberg Stillingen an, und sprach:

»Serviteur Monsieur!«

Stilling war kurz resolviert, bückte sich so gut er konnte und sagte:

»Ihr Diener, Herr Prinzipal!«

Doch daß ich die Wahrheit gestehe, auf dieses Kompliment hatte er auch eine Stunde her studieret; da er aber nicht voraus wissen konnte, was Hochberg weiter sagen würde, so war es nun auch geschehen, und seine Geschicklichkeit hatte ein Ende. Ein paarmal ging Hochberg die Stube auf und ab; nun sah er wieder Stilling an, und sagte:

»Sind Sie resolviert als Präzeptor bei mir zu servieren?«

»Ja.«

»Verstehn Sie auch Sprachen?«

»Die lateinische so ziemlich.«

»Bon Monsieur! Sie brauchen sie zwar noch nicht, doch ist ihre Connoissance das Wesentliche in der Orthographie. Verstehen Sie das Rechnen auch?«

»Ich habe mich in der Geometrie geübt, und dazu wird das Rechnen erfordert, auch hab ich mich in der Sonnuhrkunst und Mathematik etwas umgesehen.«

»Eh bien, das ist artig! das konveniert mir; ich geh Ihnen nebst freien Tisch fünfundzwanzig Gulden im Jahr.«

Stilling ließ sich das gefallen, wiewohl es ihm etwas zu wenig tauchte, deswegen sagte er:

»Ich bin zufrieden mit dem, was Sie mir zulegen werden, und ich hoffe: Sie werden mir geben, was ich verdiene.«

»Oui! Ihre Conduite wird determinieren, wie ich mich da zu verhalten habe.«

Nun ging man an Tafel. Auch hier sah Stilling, wieviel er noch zu lernen hatte, eh' er einmal Speis und Trank nach der Mode in seinen Leib bringen konnte. Bei aller dieser Beschwerlichkeit spürte er eine heimliche Freude bei sich selbst, daß er doch nun endlich einmal aus dem Staube heraus, und in den Zirkel vornehmer Leute kam, wornach er so lange verlangt hatte. Alles, was er sah, das zum Wohlstand und guten Sitten gehörte, das beobachtete er aufs genaueste, sogar übte er sich in geschickten Verbeugungen, wenn er allein auf seiner Kammer war, und ihn niemand sehen konnte. Er sahe diese Kondition als eine Schule an, worinnen er Anstand und Lebensart lernen wollte.

Des andern Tags fing er mit den beiden Knaben und dem Mädchen die Information an; er hatte alle seine Freude an den Kindern, sie waren wohlerzogen, und besonders sehr zärtlich gegen ihren Lehrer, und dieses versüßte alle Mühe. Nach einigen Tagen zog Herr Hochberg auf die Messe. Dieser Abschied tat Stillingen sehr leid; denn er allein war der Mann, der mit ihm sprechen konnte; die andern redeten immer von solchen Sachen, die ihm ganz gleichgültig waren.

So verflossen einige Wochen ganz vergnügt, ohne daß Stilling etwas zu wünschen hatte, außer daß er doch endlich einmal bessere Kleider bekommen möchte. Er schrieb diese Veränderung an seinen Vater, und erhielt fröhliche Antwort.

Herr Hochberg kam um Michaelis wieder. Stilling freuete sich bei seiner Ankunft, allein diese Freude dauerte nicht lange, alles veränderte sich vor und nach in eine betrübte Lage für ihn. Herr und Frau Hochberg hatten geglaubt, daß ihr Informator noch Kleider zu Schauberg habe. Da sie nun endlich sahen, daß er würklich alles mitgebracht hatte, so fingen sie an, schlecht von ihm zu denken, und ihm nicht zu trauen; man verschloß alles vor ihm, war zurückhaltend, und oft merkte er aus ihren Reden, daß man ihn für einen Vagabunden hielte. Nun war alles in der Welt Stillingen eher möglich, als jemand nur eines Hellers Wert zu entwenden, und deswegen war ihm dieser Umstand ganz unerträglich. Es ist auch gar nicht zu begreifen, woher doch die guten Leute auf einen so fatalen Einfall gerieten. Es ist indessen am allerwahrscheinlichsten, daß jemand unter dem Gesinde untreu war, der diesen Verdacht hinter seinem Rücken auf ihn zu schieben suchte; und was noch das schlimmste war, sie ließen ihn nichts Deutliches merken, daher man ihm auch alle Gelegenheit abgeschnitten, sich zu verteidigen.

Vor und nach machte man ihm sein Amt schwerer. Sobald er des Morgens aufstand, ging er herunter in die Stube; man trank sodann Kaffee, um sieben Uhr war das geschehen, und sofort mußte er mit den Kindern in die Schule, welche aus einem Kämmerchen bestand, das vier Fuß breit und zehn Fuß lang war; da kam er nun nicht heraus, bis man zwischen zwölf und zwo Uhr zum Mittagessen rief, und alsofort nach dem Essen ging er wieder hinein bis um vier Uhr, da man Tee trank; gleich nach dem Tee hieß es wieder. »Nun, Kinder, in die Schule!« und dann kam er vor neun Uhr nicht wieder heraus, dann speiste man zu Nacht, und ging darauf schlafen.

Auf diese Weise hatte er keinen Augenblick für sich, als nur bloß den Sonntag, und diesen brachte er auch traurig zu, weil er wegen Kleidermangel nicht mehr vor die Tür, geschweige zur Kirchen gehen konnte. Wär' er nun zu Schauberg geblieben, so würde ihn Meister Nagel vor und nach gnugsam versorgt haben, denn er hatte schon wirklich von weitem Anstalten dazu gemacht.

Nun war wirklich ein dreiköpfichter Höllenhund auf den armen Stilling losgelassen. Äußerste Bettelarmut, eine immerfort dauernde Einkerkerung oder Gefangenschaft, und drittens ein unerträgliches Mißtrauen, und daher entstandene äußerste Verachtung seiner Person.

Gegen Martini fing sein ganzes Gefühl an zu erwachen, seine Augen gingen auf, und er sah die schwärzeste Melancholie wie eine ganze Hölle auf ihn rücken. Er rief zu Gott, daß es von einem Pol zum andern hätte erschallen mögen, aber da war keine Empfindung noch Trost mehr, er konnte sogar an Gott nicht einmal denken, so daß das Herz teil daran hatte; und diese erschreckliche Qual hatte er nie dem Namen nach gekannt, vielweniger jemalen das mindeste davon empfunden; dazu hatte er rund um sich her keine einzige treue Seele, welcher er seinen Zustand entdecken konnte, und einen solchen Freund aufzusuchen, dazu hatte er nicht Kleider genug; sie waren zerrissen, und die Zeit mangelte ihm sogar, dieselben auszubessern.

Gleich anfangs glaubte er schon nicht, daß er's in diesem Zustand lange aushalten würde, und doch wurde es von Tag zu Tag schlimmer; seine Herrschaft und alle andre Menschen kehrten sich gar nicht an ihn, so als wenn er nicht in der Welt gewesen wäre, ob sie schon mit seiner Information wohl zufrieden waren.

Sowie Weihnachten heranrückte, so nahm auch sein erschrecklicher Zustand zu. Den ganzen Tag über war er ganz starr und verschlossen, wenn er aber des Abends um zehn Uhr auf seine Schlafkammer kam, so fingen seine Tränen an los zu werden; er zitterte und zagte, wie ein Übeltäter, der in dem Augenblick geradebrecht werden soll, und wenn er vollends ins Bett kam, so rang er dergestalt mit seiner Höllenqual, daß das ganze Bett und sogar die Fensterscheiben zitterten, bis er einschlief. Es war noch ein großes Glück für ihn, daß er schlafen konnte, aber wenn er des Morgens erwachte, und die Sonne auf sein Bett schien, so erschrak er, und war wieder starr und kalt; die schöne Sonne kam ihm nicht anders vor als Gottes Zornauge, das wie eine flammende Welt Blitz und Donner auf ihn herabzustürzen drohte. Den ganzen Tag über schien ihm der Himmel rot zu sein, und er fuhr zusammen vor dem Anblick eines jeden lebendigen Menschen, als ob er ein Gespenst wäre; hingegen in einer finstern Gruft zwischen Leichen und Schreckenbildern zu wachen, das wär' ihm eine Freude und Erquickung gewesen.

Zwischen den Feiertagen fand er endlich einmal Zeit, seine Kleider durch und durch auszubessern, seinen Rock kehrte er um, und machte alles so gut, als er konnte, zurecht. Die Armut lehrt erfinden, er bedeckte seine Mängel, so daß er doch wenigstens ein paarmal, ohne sich zu schämen, nach Holzheim in die Kirche gehen durfte; er war aber so blaß und so hager geworden, daß er die Zähne mit den Lippen nicht mehr bedecken konnte, seine Gesichtslineamente waren vor Gram schrecklich verzerrt, die Augbraunen waren hoch in die Höhe gestiegen, und seine Stirn voller Runzeln, die Augen lagen wild, tief und finster im Haupt, die Oberlippe hatte sich mit den Nasenflügeln emporgezogen, und die Winkel des Mundes sanken mit den häutigen Wangen herab; ein jeder, der ihn sah, betrachtete ihn starr, und blickte blöd von ihm ab.

Des Sonntags nach Neujahr ging er in die Kirche. Unter allen war keiner, der ihn ansprach, als nur allein der Herr Pastor Brück; dieser hatte ihn von der Kanzel beobachtet, und sowie die Kirche aus war, eilte der edle Mann heraus, suchte ihn unter den Leuten, die da vor der Tür standen, auf, griff ihn am Arm und sagte: »Gehen Sie mit mir, Herr Präzeptor! Sie sollen mit mir speisen, und diesen Nachmittag bei mir bleiben.« Es läßt sich nicht aussprechen, welche Wirkung diese leutselige Worte auf sein Gemüt hatten, er konnte sich kaum enthalten, laut zu weinen, und zu heulen; die Tränen flossen ihm stromweise die Wangen herunter, er konnte dem Prediger nichts antworten, und dieser fragte ihn auch weiter nichts, sprach auch nichts mit ihm, sondern führte ihn nur fort in sein Haus; die Frau Pastorin und die Kinder entsetzten sich vor ihm, und bedauerten ihn von Herzen.

Sobald sich nun Herr Brück ausgezogen hatte, setzte man sich zu Tisch. Alsofort fing der Pastor an von seinem Zustand zu reden, und zwar mit solcher Kraft und Nachdruck, daß Stilling nichts tat als laut weinen, und alle, die mit zu Tisch saßen, weinten mit. Dieser vortreffliche Mann las in seiner Seelen, was ihm fehlte; er behauptete mit Nachdruck: daß alle seine Leiden, die er von jeher gehabt habe, lauter Läuterungsfeuer gewesen sein, wodurch ihn die ewige Liebe von seinen Unarten fegen, und ihn zu etwas Sonderbarem geschickt machen wolle; auch gegenwärtiger schwerer Zustand sei um dieser Ursach' willen über ihn gekommen, und werde nicht lange mehr dauern, so würde ihn der Herr gnädig erlösen; und was dergleichen Tröstungen mehr waren, die die brennende Seele des guten Stillings wie ein kühler Tau erquickten. Allein dieser Trost war von kurzer Dauer, er mußte am Abend doch wieder in seinen Kerker, und nun war der Schmerz auf diese Erquickung wiederum so viel unleidlicher.

Diese erschreckliche Leiden dauerten von Martini bis den 12ten April 1762, und also neunzehn bis zwanzig Wochen. Dieser Tag war also der frohe Zeitpunkt seiner Erlösung. Des Morgens früh stand er noch mit eben den schweren Leiden auf, mit denen er sich schlafen gelegt hatte: er ging wie gewöhnlich herunter an den Tisch, trank Kaffee, und darauf in die Schule; um neun Uhr, als er in seinem Kerker am Tisch saß, und ganz in sich selbst gekehrt das Feuer seiner Leiden aushielt, fühlte er plötzlich eine gänzliche Veränderung seines Zustandes, alle seine Schwermut und Schmerzen waren gänzlich weg, er empfand eine solche Wonne und tiefen Frieden in seiner Seelen, daß er vor Freude und Seligkeit nicht zu bleiben wußte. Er besann sich und wurde gewahr, daß er willens war, wegzugehen; dazu hatte er sich entschlossen, ohne es zu wissen; so in demselben Augenblick stand er auf, ging hinauf auf seine Schlafkammer, und dachte nach; wieviel Tränen der Freude und der Dankbarkeit daselbst geflossen sind, können nur diejenigen begreifen, die sich mit ihm in ähnlichen Umständen befunden haben.

Hier packte er nun seine paar Lumpen, die er noch hatte, zusammen, band seinen Hut mit hinein, den Stab aber ließ er zurück. Diesen Bündel warf er durch ein Fenster hinter dem Hause in den Hof, ging darauf wieder herunter, und spazierte ganz gleichgültig zur Pforte hinaus, ging hinter das Haus, nahm den Pack, und wanderte so geschwind als er konnte das Feld hinauf, und eine ziemliche Strecke in den Busch hinein; hier zog er seinen abgeschafften Rock an, setzte den Hut auf, tat seinen alten siamoisenen Kittel, den er des Werkeltags getragen hatte, in den Bündel, schnitte einen Stecken ab, worauf er sich stützte, und wanderte nordwärts durch Berg und Tal fort, ohne einen Weg zu haben. Jetzt war zwar sein Gemüt ganz ruhig, er schmeckte die süße Freiheit in all ihrer Fülle; allein er war doch so betäubt und fast sinnlos, so daß er an seinen Zustand gar nicht dachte, und keine Überlegung hatte. Als er eine Stunde durch wüste Örter fortgewandelt war, so geriet er auf eine Landstraße, und hier sah er ohngefähr eine Stunde vor sich hin auf der Höhe ein Städtchen liegen, wohin diese Straße führte; er folgte derselben, ohne einen Willen zu haben warum, und gegen eilf Uhr kam er vor dem Tor an. Er fragte daselbst nach dem Namen der Stadt, und er vernahm, daß es Waldstätt war, wovon er zuweilen hatte reden hören. Nun ging er zu einem Tor hinein, gerad durch die Stadt durch, und zum andern wieder heraus. Daselbst traf er nun zwo Straßen, welche ihm beide gleich stark gebahnt schienen, er erwählte eine von beiden, und ging oder lief vielmehr dieselbe fort. Nach einer kleinen halben Stunde geriet er in einen Wald, die Straße verlor sich, und nun fand er keinen Weg mehr; er setzte sich nieder, denn er hatte sich müde gelaufen. Jetzt kam seine völlige Kraft zu denken wieder, er besann sich, und hatte keinen einzigen Heller Geld bei sich, denn er hatte noch wenig oder gar keinen Lohn von Hochberg gefordert; doch war er hungrig. Er war in einer Einöde, und wußte weit und breit um sich her keinen Menschen, der ihn kannte.

Jetzt fing er an und sagte bei sich selber: »Nun bin ich denn doch endlich auf den höchsten Gipfel der Verlassung gestiegen, es ist jetzt nichts mehr übrig, als betteln oder sterben; – das ist der erste Mittag in meinem Leben, an welchem ich keinen Tisch für mich weiß! ja, die Stunde ist gekommen, da das große Wort des Erlösers für mich auf der höchsten Probe steht. ›Auch ein Haar von eurem Haupt soll nicht umkommen.‹ – Ist das wahr, so muß mir schleunige Hülfe geschehen, denn ich habe bis auf diesen Augenblick auf ihn getraut und seinem Worte geglaubt; – ich gehöre mit zu den Augen, die auf den Herrn warten, daß er ihnen zur rechten Zeit Speise gebe und sie mit Wohlgefallen sättige; bin ich doch so gut sein Geschöpf, wie jeder Vogel, der da in den Bäumen singt, und jedesmal seine Nahrung findet, wenn's ihm not tut.« Stillings Herz war bei diesen Worten so beschaffen, als das Herz eines Kindes, wenn es durch strenge Zucht endlich wie Wachs zerfleußt, der Vater sich wegwendet und seine Tränen verbirgt. Gott! was das Augenblicke sind, wenn man sieht, wie dem Vater der Menschen seine

Eingeweide brausen; und er sich vor Mitleiden nicht länger halten kann! –

Indem er so dachte, ward es ihm plötzlich wohl im Gemüte, und es war als wenn ihm jemand zuspräche: »Geh in die Stadt, und such einen Meister!« Im Augenblick kehrte er um, und indem er in eine seiner Taschen fühlte, so wurde er gewahr, daß er seine Schere und Fingerhut bei sich hatte, ohne daß er's wußte. Er kam also wieder zurück, und ging zum Tor hinein. Er fand einen Bürger vor seiner Haustür stehen, diesen grüßte er und fragte: wo der beste Schneidermeister in der Stadt wohne? Dieser Mann rief ein Kind, und sagte ihm: »Da führe diesen Menschen bei den Meister Isaak!« Das Kind lief vor Stilling her, und führte ihn in einen abgelegenen Winkel an ein kleines Häuschen, und ging darauf wieder zurück; er trat da hinein, und kam in die Stube. Hier stand eine blasse, magere, dabei aber artige und reinliche Frau, und deckte den Tisch, um mit ihren Kindern zu Mittag zu essen. Stilling grüßte sie und fragte: Ob er hier Arbeit haben könnte? Die Frau sah ihn an, und betrachtete ihn vom Haupt bis zu Fuß. »Ja!« sagte sie sittsam und freundlich: »mein Mann ist verlegen um einen Gesellen; wo seid Ihr her?« Stilling antwortete: »Aus dem salenschen Lande!« Die Frau heiterte sich ganz auf, und sagte: »Da ist mein Mann auch her, ich will ihn rufen lassen.« Er war mit einem Gesellen und Lehrburschen in einem Haus in der Stadt in Arbeit; sie schickte eins von den Kindern und ließ ihn rufen. In ein paar Minuten kam Meister Isaak zur Tür herein; seine Frau sagte ihm, was sie wußte, und er fragte ferner, was er gern wissen wollte; der Meister nahm ihn willig an. Nun nötigte ihn die Frau an den Tisch; und so war schon seine Speise bereitet gewesen, als er noch im Wald irreging, und nachdachte: Ob ihm auch Gott diesen Mittag die nötige Nahrung bescheren würde.

Meister Isaak blieb da, und speiste mit. Nach dem Essen nahm er ihn mit in die Arbeit, bei einem Schöffen, der sich Schauerhof schrieb; dieser war ein Brotbäcker, dabei ein hagerer langer Mann. Sowie sich Meister Isaak und sein neuer Geselle gesetzt hatten, und anfingen zu arbeiten, kam auch der Schöffe mit seiner langen Pfeife, setzte sich bei die Schneider, und fing mit Meister Isaak an zu reden, wo sie vorhin vermutlich aufgehört hatten.

»Ja!« sagte der Schöffe: »ich stelle mir den Geist Christi als eine allenthalben gegenwärtige Kraft vor, die überall in den Herzen der Menschen wirkt, um eine jede Seele in seine eigene Natur zu verwandeln; je ferner nun jemand von Gott ist, je fremder ist ihm dieser Geist. Was denkst du davon, Bruder Isaak?«

»Ich stelle mir die Sache ungefähr ebenso vor«, versetzte der Meister: »es ist hauptsächlich um den Willen des Menschen zu tun, der Wille macht ihn fähig –«

Nun konnte sich Stilling nicht mehr halten; er fühlte, daß er bei frommen Leuten war, er fing ganz unvermutet hinter dem Tisch an, laut zu weinen und zu rufen: »O Gott, ich bin zu Haus! ich bin zu Haus!« Alle Anwesende erstarrten, und entsetzten sich; sie wußten nicht, was ihm widerfuhr. Meister Isaak sahe ihn an, und fragte: »Wie ist's Stilling?« (er hatte ihm seinen Namen gesagt) Stilling antwortete: »Ich hab lange diese Sprache nicht gehört; und da ich nun sehe, daß Sie Leute sind, die Gott lieben, so weiß ich mich vor Freude nicht zu lassen.« Meister Isaak fuhr fort: »Seid Ihr dann auch ein Freund vom Christentum, und von wahrer Gottseligkeit?«

»O ja!« versetzte Stilling: »von Herzen!«

Der Schöffe lachte vor Freuden, und sagte: »Da haben wir also einen Bruder mehr.« Meister Isaak und Schöffe Schauerhof reichten und schüttelten ihm die Hand, und waren sehr froh. Des Abends nach dem Essen ging der Geselle und der Lehrjunge nach Haus, der Schöffe aber, Isaak und Stilling blieben noch lange beisammen, rauchten Tobak, tranken Bier dazu, und redeten auf eine erbauliche Weise vom Christentum. Henrich Stilling lebte nun wieder vergnügt zu Waldstätt; auf so viele Leiden und Gefangenschaft schmeckte nun der Friede und die Freiheit so viel süßer. Er hatte von all seiner Drangsal seinem Vater nicht ein Wort geschrieben, um ihn nicht zu betrüben; jetzt aber, da er von Hochberg ab und wieder bei dem Handwerk war, so schrieb er ihm vieles, aber nicht alles. Die Antwort, welche er darauf erhielt, war wiederum eine Bekräftigung, daß er zur Unterweisung der Jugend nicht geschaffen wäre.

Als Stilling nun einige Tage bei Meister Isaak gewesen war, so fing letzterer einsmals, über der Arbeit, mit ihm an, von seinen Kleidern zu sprechen; der andere Geselle und der Lehrbursche waren nicht gegenwärtig; er erkundigte sich genau nach allem, was er hatte. Als Isaak das alles hörte, stand er alsofort auf, und holte ihm schönes violettes Tuch zum Rock, einen schönen neuen Hut, schwarzes Tuch zur Weste, Zeug zum Unterwämschen, und zu Hosen, ein paar guter feiner Strümpfe, desgleichen mußte ihm der Schuhmacher Schuhe anmessen, und seine Frau machte ihm sechs neue Hemden; alles dieses war in vierzehn Tage fertig. Nun gab ihm sein Meister auch einen von seinen Rohrstäben in die Hand; und damit war Stilling schöner gekleidet, als er in seinem Leben gewesen war; dazu war auch alles nach der Mode, und nun durfte er sich sehen lassen.

Dieses war nun noch der letzte Feind, der aufgehoben werden mußte. Stilling konnte seinen innigen Dank gegen Gott und seinen Wohltäter nicht genug ausschütten; er weinte vor Freuden, und war völlig wohl und vergnügt. Aber gesegnet sei deine Asche – du Stillings-Freund! da du liegst und ruhst! Wenn einmal die Stimme über den ganzen flammenden Erdkreis erschallen wird: Ich bin nackend gewesen, und ihr habt mich bekleidet! so wirst du auch dein Haupt emporheben, und dein verklärter Leib wird siebenmal heller glänzen, als die Sonne am Frühlingsmorgen! –

Stillings Neigung, höher in der Welt zu steigen, war nun für diese Zeit gleichsam aus dem Grunde und mit der Wurzel ausgerottet; und er war fest und unwiderruflich entschlossen, ein Schneider zu bleiben, bis er gewiß überzeugt sein würde, daß es der Wille Gottes sei, etwas anders anzufangen; mit einem Wort, er erneuerte den Bund mit Gott feierlich, den er verwichenen Sommer, den Sonntag nachmittag, auf der Gassen zu Schauberg mit Gott geschlossen hatte. Sein Meister war auch so zufrieden mit ihm, daß er ihn nicht anders als seinen Bruder behandelte; die Meisterin aber liebte ihn über die Maßen, und so auch die Kinder, so daß er nun wieder recht in seinem Element lebte.

Seine Neigung zu den Wissenschaften blieb zwar noch immer, was sie war, doch ruhte sie unter der Aschen, sie war ihm jetzt nicht zur Leidenschaft, und er ließ sie ruhen.

Meister Isaak hatte eine große Bekanntschaft auf fünf Stunden umher mit frommen und erweckten Leuten. Der Sonntag war zu Besuchen bestimmt, daher ging er mit Stilling des Sonntags morgens früh nach dem Ort hin, den sie sich vorgenommen hatten, und blieben den Tag über bei den Freunden, des Abends gingen sie wieder nach Haus; oder wenn sie weit gehen wollten, so gingen sie des Sonntags nachmittags zusammen fort, und kamen des Montags vormittags wieder. Das war nun Stilling eine Seelenfreude, so viele rechtschaffene Menschen kennenzulernen; besonders gefiel es ihm, daß alle diese Leute nichts Enthusiastisches hatten, sondern bloß Liebe gegen Gott und Menschen auszuüben, im Leben und Wandel aber ihrem Haupte Christo nachzuahmen suchten. Dieses kam mit Stillings Religionssystem völlig überein, und daher verband er sich auch mit allen diesen Leuten zur Brüderschaft und aufrichtiger Liebe. Und wirklich, diese Verbindung hatte eine vortreffliche Wirkung auf ihn. Isaak ermahnte ihn immerfort zum Wachen und Beten, und erinnerte ihn allezeit brüderlich, wo er irgendwo in Worten nicht behutsam genug war. Diese Lebensart war ihm aus der Maßen nützlich, und bereitete ihn immer mehr und mehr zu dem, was Gott aus ihm machen wollte.

Mitten im Mai, ich glaube, daß es um Pfingsten war, beschloß Meister Isaak, im Märkischen, etwa sechs Stunden von Waldstätt, einige sehr fromme Freunde zu besuchen; diese wohnten in einem Städtchen, das ich hier Rothenbeck heißen will. Er nahm Stillingen mit; es war das schönste Wetter von der Welt, und der Weg dahin ging durch bezaubernde Gegenden, bald quer über eine Wiese, dann durch einen grünen Busch voller Nachtigallen, dann ein Feld hinauf voller Blumen, dann über einen buschichten Hügel, dann auf eine Heide, wo die Aussicht paradiesisch war, dann in einen großen Wald, dann längs einen plätschenden kühlen Bach, und immer so wechselsweise fort. Unsre beiden Pilger waren gesund und wohl, ohne Sorge und Bekümmernis, hatten Frieden von innen und außen, liebten sich wie Brüder, sahen und empfanden überall den guten und nahen Vater aller Dinge in der Natur, und hatten eine Menge guter Freunde in der Welt, und wenig oder gar keine Feinde. Sie gingen oder liefen vielmehr Hand an Hand ihren Weg fort, redeten von allerhand Sachen ganz vertraulich, oder sangen eine oder andere erbauliche Strophe, bis daß sie gegen Abend, ohne Müdigkeit und Beschwerde, zu Rothenbeck ankamen. Sie kehrten bei einem sehr lieben und wohlhabenden Freunde ein, dem sie also am wenigsten beschwerlich fielen. Dieser Freund schrieb sich Glöckner; er war ein kleiner Kaufmann, und handelte mit allerhand Waren. Dieser Mann und seine Frau hatten keine Kinder. Beide empfingen die Fremden mit herzlicher Liebe; sie kannten zwar Stillingen noch nicht, doch nahmen sie ihn sehr freundlich auf, als sie Isaak versicherte: daß er mit ihnen allen *einer* Meinung und *eines* Willens sei.

Des Abends über dem Essen erzählte Glöckner eine neue merkwürdige Geschichte von seinem Schwager Freymuth, die sich folgendergestalt verhielte. Die Frau Freymuth war Glöckners Frauen Schwester, und im Christentum mit derselben *eines* Sinnes, daher kamen beide Schwestern nebst andern Freunden des Sonntags nachmittags zusammen, sie wiederholten alsdann die Vormittagspredigt, lasen in der Bibel, und sangen geistliche Lieder; dieses konnte nun Freymuth ganz und gar nicht vertragen. Er war ein Erzfeind von solchen Sachen; hingegen ging er eben wohl fleißig in die Kirche, und zum Nachtmahl, aber das war auch alles; entsetzliches Fluchen, Saufen, Spielen, unzüchtige Reden und Schlägereien waren seine angenehmste Belustigungen, womit er die Zeit zubrachte, die ihm von seinen Geschäften übrigblieb. Wenn er nun des Abends nach Haus kam, und fand seine Frau in der Bibel, oder sonst einem erbaulichen Buche lesen, so fing er an, abscheulich zu fluchen: »Du feiner pietistischer T.... weist ja wohl, daß ich das Lesen nicht haben will«; dann griff er sie in den Haaren, schleppte sie auf der Erde herum, und schlug sie, bis das Blut aus Mund und Nasen heraussprang; sie aber sagte kein Wort, sondern, wenn er aufhörte, so faßte sie ihn um die Knie, und bat ihn mit tausend Tränen: er möchte sich doch bekehren, und sein Leben ändern; dann stieß er sie mit den Füßen von sich und sagte: »Kanaille! das will ich bleiben lassen, ich will kein Kopfhänger werden wie du.« Ebenso behandelte er sie auch, wenn er gewahr wurde, daß sie bei andern frommen Leuten in Gesellschaft gewesen war. So hatte er's getrieben so lange, als seine Frau anderes Sinnes gewesen war, als er.

Nun aber vor kurzen Tagen hatte sich Freymuth gänzlich geändert, und zwar auf folgende Weise:

Freymuth reiste nach Frankfurt zur Messe. Während dieser Zeit hatte seine Frau alle Freiheit, nach ihrem Sinn zu leben; sie ging nicht allein zu andern Freunden, sondern sie nötigte auch deren zuweilen eine ziemliche Anzahl in ihr Haus; dieses hatte sie auch letztverwichene Ostermesse getan. Einsmals, als ihrer viele in Freymuths Hause an einem Sonntag abend versammlet waren, und zusammen lasen, beteten und sangen, so gefiel es dem Pöbel, dieses nicht leiden zu wollen; sie kamen und schlugen erst alle Fenster ein, die sie nur erreichen konnten; und da die Haustür verschlossen war, so sprengten sie dieselbe mit einem starken Baum auf. Die Versammlung in der Stube geriet darüber in Angst und Schrecken, und ein jeder suchte sich so gut zu verbergen, als er konnte; nur allein Frau Freymuth blieb; und als sie hörte, daß die Haustür aufsprang, so trat sie heraus mit dem Licht in der Hand. Verschiedene Burschen waren schon hereingedrungen, denen sie im Vorhaus begegnete. Sie lächelte die Leute an, und sagte gutherzig: »Ihr Nachbarn! was wollt Ihr?« Sofort waren sie, als wenn sie geschlagen wären, sie sahen sich an, schämten sich, und gingen still wieder nach Haus. Den andern Morgen bestellte Frau Freymuth alsbald den Fenstermacher und Schreiner, um alles wieder in gehörigen Stand zu stellen; dieses geschah, und kaum war alles richtig, so kam ihr Mann von der Messe wieder.

Nun bemerkte er alsofort die neuen Fenster, er fragte deswegen seine Frau: wie das zuginge? Sie erzählte ihm die klare Wahrheit umständlich, und verhehlte ihm nichts, seufzte aber zugleich in ihrem Gemüt zu Gott um Beistand, denn sie glaubte nicht anders, als sie würde erschreckliche Schläge bekommen. Doch Freymuth dachte daran nicht, sondern er wurde rasend über die Freveltat des Pöbels. Seine Meinung war, sich grausam an diesen Spitzbuben, wie er sie nannte, zu rächen; deswegen befahl er seiner Frauen drohend, ihm die Täter zu sagen, denn sie hatte sie gesehen und gekannt.

»Ja«, sagte sie: »lieber Mann! die will ich dir sagen, aber ich weiß noch einen größern Sünder, als die alle zusammen; denn es war einer, der hat mich wegen eben der Ursache ganz abscheulich geschlagen.«

Freymuth verstund das nicht, wie sie es meinte; er fuhr auf, schlug auf seine Brust, und brüllte: »Den soll der T... holen, und dich dazu, wenn du mir ihn nicht augenblicklich sagst!« »Ja!« antwortete Frau Freymuth: »den will ich dir sagen, räche dich an ihm soviel du willst; der Mann, der das getan hat, bist du! und also schlimmer als die Leute, die nur bloß die Fenster eingeschlagen haben.« Freymuth verstummte, und war wie vom Donner gerührt, er schwieg eine Weile, endlich fing er an: »Gott im Himmel, Du hast recht! – Ich bin wohl ein rechter Bösewicht gewesen, will mich an Leuten rächen, die besser sind als ich! – Ja, Frau! ich bin der gottloseste Mensch auf Erden!« Er sprang auf, lief die Treppen hinauf auf sein Schlafzimmer, lag da drei Tage und drei Nächte platt auf der Erden, aß nichts, bloß daß er sich zuweilen etwas zu trinken geben ließ. Seine Frau leistete ihm soviel Gesellschaft, als sie konnte, und half ihm beten, damit er bei Gott durch den Erlöser Gnade erlangen möchte.

Am vierten Tage des Morgens stund er auf, war vergnügt, lobte Gott, und sagte: »Nun bin ich gewiß, daß mir meine schwere Sünden vergeben sind!« Von dem Augenblick an war er ganz umgekehrt; so demütig, als er vorhin stolz, so sanftmütig, als er vorher trotzig und zornig, und so von Herzen fromm, als er vorhin gottlos gewesen war.

Dieser Mann wär' ein Gegenstand für meinen Freund Lavater. Seine Gesichtsbildung ist die roheste und wildeste von der Welt; es dürfte nur eine Leidenschaft, zum Beispiel der Zorn, rege werden, die Lebensgeister brauchten nur jeden Muskel des Gesichts zu spannen, so würd' er rasend aussehen. Jetzt aber ist er einem Löwen ähnlich, der in ein Lamm verwandelt worden ist. Friede und Ruhe ist jedem Gesichtsmuskel eingedrückt, und das gibt ihm ein ebenso frommes Aussehen, als es vorhin wild war.

Nach dem Essen schickte Glöckner seine Magd an Freymuths Haus, und ließ da ansagen: daß Freunde bei ihm angekommen wären. Freymuth und seine Frau kamen alsbald, und bewillkommten Isaak und Stilling. Dieser letztere hatte den ganzen Abend seine Betrachtungen über die beiden Leute; bald mußte er des Löwen Sanftmut, bald des Lammes Heldenmut bewundern. Alle sechs waren sehr vergnügt zusammen, sie erbauten sich, so gut sie konnten, und gingen spät schlafen.

Unsre beiden Freunde blieben nun noch ein paar Tage zu Rothenbeck, besuchten und wurden besucht; auch gehörte der Schulmeister daselbst, der sich auch Stilling schrieb, und aus dem salenschen Land zu Haus war, mit unter die Gesellschaft der Frommen zu Rothenbeck; diesen besuchten sie auch. Er gewann besonders Stillingen lieb, vorab da er hörte, daß er auch lange Schulmeister gewesen war. Die beiden Stillinge machten einen Bund zusammen, daß einer dem andern so lange schreiben sollte als sie lebten, um die Freundschaft zu unterhalten.

Endlich reisten sie wieder von Rothenbeck nach Waldstätt zurück, und gaben sich an ihr Handwerk, wobei sie sich die Zeit mit allerhand angenehmen Gesprächen vertrieben.

Es wohnte aber eine Stunde von Waldstätt ein weidlicher Kaufmann, der sich Spanier schrieb. Dieser Mann hatte sieben Kinder, wovon das älteste eine Tochter von etwa sechzehen Jahren, das jüngste aber ein Mädchen von einem Jahr war. Unter diesen Kindern waren drei Söhne und vier Töchter. Er hatte eine sehr starke Eisenfabrik, die aus sieben Eisenhammern bestand, wovon vier bei seinem Hause, drei aber anderthalb Stunden von ihm ab, nicht weit von Herrn Hochbergs Haus lagen, wo Stilling gewesen war. Dabei besaß er ungemein viele liegende Güter, Häuser, Höfe, und was dazu gehörte, nebst vielem Gesinde, Knechte, Mägden und Fuhrknechten; denn er hatte verschiedene Pferde zu seinem eigenen Gebrauch.

Wenn nun Herr Spanier verschiedene Schneiderarbeit für sich und seine Leute zusammen verspart hatte; so ließ er Meister Isaak mit seinen Gesellen kommen, um einige Tage bei ihm zu nähen, und für ihn und seine Leute alle Kleider wieder in Ordnung zu bringen.

Nachdem nun Stilling zwölf Wochen bei Meister Isaak gewesen war, so traf es sich, daß sie auch bei Herrn Spanier arbeiten mußten. Sie gingen also des Morgens früh hin. Als sie zur Stubentür hereintreten, so saß Herr Spanier allein am Tisch, und trank den Coffee aus einem kleinen Kännchen, das für ihn allein gemacht war. Langsam drehte er sich um, sah Stillingen ins Gesicht, und sagte:

»Guten Morgen, Herr Präzeptor!«

Stilling ward blutrot, er wußte nicht, was er sagen sollte, doch erholte er sich geschwind, und sagte: »Ihr Diener, Herr Spanier!« Doch dieser schwieg nun wieder still, und trank seinen Coffee fort, Stilling aber gab sich auch an seine Arbeit.

Nach einigen Stunden spazierte Spanier auf und ab in der Stuben, und sagte kein Wort; endlich stund er vor Stillingen hin, sah ihm eine Weile zu, und sagte:

»Das geht Euch so gut vonstatten, Stilling! als wenn Ihr zum Schneider geboren wäret, aber das seid Ihr doch nicht.«

»Wieso?« fragte Stilling.

»Eben darum«, versetzte Spanier: »weil ich Euch zum Informator bei meine Kinder haben will.«

Meister Isaak sah Stilling an und lächelte.

»Nein, Herr Spanier!« erwiderte Stilling, »davon wird nichts; ich bin unwiderruflich entschlossen, nicht wieder zu informieren. Ich bin jetzt ruhig und wohl bei meinem Handwerk, und davon werd ich nicht wieder abgehen.«

Herr Spanier schüttelte den Kopf, lachte, und fuhr fort: »Das will ich Euch doch wohl anders lehren, ich hab so manchen Berg in der Welt eben und gleich gemacht, und sollte Euch nicht auf andere Sinne bringen, dessen würde ich mich vor mir selber schämen.«

Nun schwieg er den Tag davon still. Stilling aber bat seinen Meister: daß er ihn des Abends möchte nach Haus gehen lassen, um Herrn Spaniers Nachstellungen zu entgehen; allein Meister Isaak wollte das nicht geschehen lassen, deswegen waffnete sich Stilling aufs beste, um Herrn Spanier mit den wichtigsten Gründen widerstehen zu können.

Des andern Tages traf sich's wieder, daß Herr Spanier in der Stuben auf und ab ging; er fing gegen Stilling an:

»Hört, Stilling! wenn ich mir ein schönes Kleid machen lasse, und hänge es dann an den Nagel, ohne es jemals anzuziehen, bin ich dann nicht ein Narr?«

»Ja!« versetzte Stilling: »erstens, wenn Sie's notwendig haben; und zweitens, wenn's wohl getroffen ist. Wie wenn sie sich aber einmal ein hübsches Kleid machen ließen, ohne daß Sie's notwendig hätten, oder Sie zögen's an, und es drückte Sie aller Orten, was wollten Sie dann machen?«

»Das will ich Euch sagen«, versetzte Spanier: »so gäb ich's einem andern; dem's recht wäre.«

»Aber«, erwiderte Stilling: »wenn Sie's nun sieben hintereinander gegeben hätten, und ein jeder gäb's Ihnen wieder, und sagte: ›Es paßt mir nicht‹, was würden Sie dann anfangen?«

Spanier antwortete: »So wär' ich doch ein Narr, wenn ich's müßig da hangen und die Motten fressen ließe; hör! ich gäb's dem achten, und sagte: ›Nun ändert dran, bis es Euch recht ist.‹ Wenn aber nun der achte sich vollends dazu verstünde, sich in das Kleid zu schicken, und nicht mehr von ihm zu fordern, als wozu es gemacht ist, so würd' ich ja sündigen, wenn ich's ihm nicht gäbe!«

»Da haben Sie recht«, versetzte Stilling: »allein dem allem ungeachtet bitte ich Sie um Gottes willen, Herr Spanier! lassen Sie mich am Handwerk!«

»Nein!« antwortete er: »das tu ich nicht, Ihr sollt und müßt mein Hausinformator werden, und zwar unter folgenden Bedingungen: Ihr könnt nicht französisch, es ist aber bei mir um vieler Ursachen willen nötig, daß Ihr's versteht, derowegen wählt Euch einen Sprachmeister wo Ihr wollt, zieht zu ihm hin, und lernt diese Sprache, ich bezahle alles gerne was es kosten wird; ferner geh ich Euch demungeachtet volle Freiheit, wieder von mir zu Meister Isaak zu ziehen, sobald es Euch bei mir leid sein wird. Und endlich sollt Ihr alles haben an Kleidern und Zubehör, was Ihr bedürft, und das so lange als Ihr bei mir sein werdet. Nun hab ich aber auch Recht, dieses dagegen zu fordern: daß Ihr in keine andere Kondition treten wollt, solange ich Euch nötig habe, es sei denn daß Ihr Euch auf Lebenslang versorgen könntet.«

Meister Isaak wurde durch diesen Vorschlag gerührt. »Nun!« sagte er gegen Stilling: »jetzt begeht ihr eine Sünde, wenn Ihr nicht einwilligt. Das kommt von Gott, und alle Eure vorige Bedienungen kamen von Euch selber.«

Stilling untersuchte sich genau, er fand gar keine Leidenschaft oder Trieb nach Ehre bei sich, sondern er fühlte im Gegenteil einen Wink in seinem Gewissen, daß diese Kondition ihm von Gott angewiesen werde.

Nach einer kurzen Pause fing er an: »Ja, Herr Spanier! noch einmal will ich's wagen, aber ich tu es mit Furcht und Zittern.«

Spanier stund auf, gab ihm die Hand, und sagte: »Gott sei Dank! nun hab ich auch diesen Hügel wieder eben gemacht; aber nun müßt Ihr auch alsofort zum Sprachmeister, lieber morgen als übermorgen.«

Stillingen war dieses so ganz recht, und selbst Meister Isaak sagte: »Übermorgen ist's Sonntag, dann könnt Ihr in Gottes Namen reisen.« Dieses wurde also beschlossen.

Ich muß gestehen: daß da nun Stilling wieder ein anderer Mensch war, so vergnügt er sich auch eingebildet hatte zu sein, so hatte er doch immer eine ungestimmte Saite, die er nie ohne eine Art von Mißvergnügen berühren durfte. Sobald ihn einfiel, was er in der Mathematik und andern Wissenschaften getan und gelesen hatte, so ging ihm ein Stich durchs Herz, allein er schlug sich's wieder aus dem Sinn; daher wurde ihm jetzt ganz anders als er fühlte, daß er aufs neue recht in sein Element kommen würde.

Isaak gönnte ihm zwar sein Glück, allein es tat ihm doch schmerzlich leid, daß er ihn schon missen sollte, und Stillingen schmerzte es in seiner Seelen, daß er von dem rechtschaffensten Mann in der Welt, und seinem besten Freunde, den er je gehabt hatte, Abschied nehmen sollte, eh' er ihm seine Kleider abverdient hatte; er redete deswegen mit Herrn Spanier ingeheim, und erzählte ihm, was Meister Isaak an ihm getan habe. Spaniern drangen die Tränen in die Augen, und er sagte: »Der vortreffliche Mensch! das soll er mir entgelten, nie soll er Mangel haben.« Nun gab er ihm einige Louisdor mit dem Bedeuten: Isaak davon zu bezahlen, und mit dem übrigen hauszuhalten; wenn's all wäre, sollte er mehr haben, nur daß er alles hübsch berechnete, wozu es verwendet worden.

Stilling freuete sich aus der Maßen: so einen Mann hatte er noch nicht angetroffen. Er bezahlte also Meister Isaak mit dem Gelde, und nun gestand ihm dieser: daß er würklich alle Kleider für ihn geborgt hätte. Das ging Stilling durchs Herz, er konnte sich des Weinens nicht enthalten, und dachte bei sich selbst: Wenn jemals ein Mann ein marmornes Monument verdient hat, so ist's dieser; nicht, daß er ganze Völker glücklich gemacht hat, sondern darum, daß er's würde getan haben, wenn er gekonnt hätte.

Nochmals! – Gesegnet sei deine Asche, mein Freund! auserkoren unter Tausenden, – da du liegst und schläfst; diese heilige Tränen auf dein Grab – du wahrer Nachfolger Christi!!! –

Des Sonntags nahm also Stilling Abschied von seinen Freunden zu Waldstätt, und reiste über Rosenheim nach Schönenthal, um einen guten Sprachmeister zu suchen. Als er nah bei letztere Stadt kam, so erinnerte er sich: daß er vor einem Jahr und etlichen Wochen diesen Weg zuerst gereist hatte; er überdachte alle seine Schicksale in dieser kurzen Zeit, und nun wieder seinen Zustand, er fiel nieder auf seine Knie, und dankte Gott herzlich für seine strenge aber heilige und gute Führung, bat aber auch zugleich, nunmehr, auch seine Gnadensonne über ihn scheinen zu lassen. Als er auf die Höhe kam, wo er ganz Schönenthal, und das herrliche Tal hinauf übersehen konnte, so wurde er begeistert, setzte sich hin unter das Gesträuche, zog seine Schreibtafel heraus und schrieb:

> Ich fühl ein sanftes Liebewallen,
>> Es säuselt kühlend um ihm her.
> Ich fühl des Vaters Wohlgefallen,
>> Der reinen Wonne Wiederkehr.
> Die Wolken ziehen sanft herüber,
>> Tief unten braun, licht oben drüber.

> Des kühlen Bachs entferntes Rauschen
>> Schwimmt wie auf sanften Flügeln her.
> Und wie des Frühlings Sänger lauschen,

So horcht mein Ohr; von ungefähr
Ertönt der Vögel süßes Zirbeln
Und mischt sich in der Bäche Wirbeln.

Jetzt heb ich froh die Augenlider
    Zu allen hohen Bergen auf,
Und schlag sie wieder freudig nieder,
    Vollführe munter meinen Lauf.
Nun kann ich mit vergnügten Blicken
Den Geist der Qual zur Höllen schicken.

Noch einmal schau ich kühn zurücke
    Ins Schattental der Schwermut hin,
Und sehe mit gewohntem Blicke
    Den Ort, wo ich gewesen bin,
Ich hör ein wildes Chaos brausen,
Und Unglückswinde stürmend sausen.

Gleichwie ein blaß Gespenste wanket,
    In öden Zimmern hin und her,
Wie's da im blöden Nachtschein schwanket,
    Streicht längs die Wand und ächzet schwer.
Bemüht sich lang ein Wort zu sagen,
Und jemand seine Not zu klagen.

So wankt' ich auch im Höllenschlunde,
    Im schwärzsten Kummer auf und ab,
Man grub mir jede Marterstunde
    Ein neues grausenvolles Grab.
Tief unten hört' ich Drachen grollen,
Hoch droben schwarze Donner rollen.

Ich ging und schaute hin und wieder,
    Fand Todesengel um mich gehn,
Und Blitze zuckten auf mich nieder.
    Ich sah ein Pförtchen offen stehn,
Ich eilte durch, und fand mit Freuden
Das Ende meiner schweren Leiden.

Ich schlupfte hin im stillen Schatten,
    Es war noch dämmernd um mich her.
Ich fühlte meinen Fuß ermatten,

Mir wurde jeder Tritt so schwer;
Schon neigt' ich mich zum Staub darnieder,
Und schloß die müden Augenlider.

Ich sank – doch wie in Freundes Armen
  Ein Todverwundter niedersinkt,
Wenn ihm das Auge voll Erbarmen
  Des Arztes frohe Heilung winkt.
Ich ward erquickt, gestärkt, geheilet,
Und neue Kraft mir mitgeteilet.

Freund Isaak war's, in seiner Halle
  Fand ich ein lautres Paradeis;
Da schmeckten wir die Freuden alle,
  Da stieg zum Höchsten Dank und Preis,
Wir sangen Ihm geweihte Lieder,
Er schaute gnädig auf uns nieder.

Stilling eilte nun den Berg hinunter nach Schönenthal hin; er vernahm aber, daß die Sprachmeister daselbsten sich für ihn nicht schicken würden, indem sie, wegen vieler Geschäfte hin und her in den
Häusern, wenig Zeit auf ihn würden verwenden können. Da er nun
eilig war und bald fertig sein wollte, so mußte er eine Gelegenheit
suchen, wo er in kurzer Zeit viel lernen konnte; endlich wurd' er
gewahr, daß sich zu Dornfeld, wo Herr Dahlheim Prediger war, ein
sehr geschickter Sprachmeister aufhielte. Da nun dieser Ort nur drei
Viertelstunden von Schönenthal ablag, so entschloß er sich desto
lieber dahin zu gehen.

Des Nachmittags um drei Uhr kam er daselbst an. Er fragte alsbald nach dem Sprachmeister, ging zu ihm, und fand einen sehr
seltsamen originellen Menschen, der sich Heesfeld schrieb. Er saß
da in einem dunklen Stübchen, hatte einen schmutzigen Schlafrock
von schlechtem Camelot an, mit einer Binde von demselben Zeug
umgürtet; auf dem Kopf hatte er eine latzige Mütze; sein Gesicht
war blaß, wie eines Menschen, der schon einige Tage im Grabe gelegen, und im Verhältnis gegen die Breite viel zu lang. Die Stirn war
schön, aber unter pechschwarzen Augbraunen lagen ein paar
schwarze schmale kleine Augen tief im Kopf, die Nase war schmal
lang, der Mund ordentlich, aber das Kinn stand platt und scharf

vorwärts, das er auch immer sehr weit vorwärts trug; sein rabenschwarzes Haar war rund abgeschnitten, und rund um gekräuselt; so war er schmal, lang und schön gewachsen.

Stilling erschrak einigermaßen vor diesem seltsamen Gesichte, ließ sich aber doch nichts merken, sondern grüßte ihn, und trug ihm sein Vorhaben vor. Herr Heesfeld nahm ihn freundlich auf, und sagte: »Ich werde an Ihnen tun, was ich vermag.« Stilling suchte sich nun ein Quartier, und fing sein Studium der französischen Sprache an, und zwar folgendergestalt. Des Vormittags von acht bis eilf Uhr wohnte er der ordentlichen Schule bei, des Nachmittags von zwo bis fünf auch, er saß aber mit Heesfeld an einem Tisch, sie sprachen immer, und hatten Zeitvertreib zusammen, wenn aber die Schule aus war, so gingen sie spazieren.

So sonderlich als Heesfeld gebildet war, so sonderlich war er auch in seinem Leben und Wandel. Er gehörte zur Klasse der Launer wie ehmals Glaser auch, denn er sagte niemand, was er dachte, kein Mensch wußte, wo er her war, und ebensowenig wußte jemand, ob er arm oder reich war. Vielleicht hat er niemand in seinem Leben zärtlicher geliebt als Stillingen, und doch ist dieser erst nach seinem Tode innegeworden, wo er her war, und daß er ein reicher Mann gewesen.

Seine sonderliche Denkungsart leuchtete daraus auch hervor, daß er immer seine Geschicklichkeit verbarg, und nur so viel davon blicken ließ, als just nötig war. Daß er vollkommen französisch verstand, äußerte sich alle Tage; daß er aber auch ein vortrefflicher Lateiner war, das zeigte sich erst, als Stilling zu ihm kam, mit welchem er die Information auf den Fuß der lateinischen Grammatik einrichtete, und täglich mit ihm lateinische Verse machte, die unvergleichlich schön waren. Zeichnen, Tanzen, Physik und Chymie verstand er in einem hohen Grad; und noch zween Tage vor Stillings Abreise traf es sich, daß letzterer in seiner Gesellschaft auf einem Klavier spielte. Heesfeld hörte zu. Als Stilling aufhörte, setzte er sich hin, und tat anfänglich, als wenn er in seinem Leben kein Klavier berührt hätte, aber in weniger als fünf Minuten fing er so trefflich melancholisch-fürchterlich an zu phantasieren, daß einem die Haare zu Berge standen; allmählich schwung er sich zum Melancholisch-Zärtlichen, von da ins Cholerisch-Feurige, darauf ins gelassene Ruhige, phantasierte eine phlegmatische Murqui, darauf in ein sanguinisch-zärtliches Adagio, dann ein Allegro, und nun schloß er mit einer lustigen Menuette aus D-Dur. Stilling hätte zerschmelzen mögen über seine empfindsame Art zu spielen, und bewunderte diesen Mann aus der Maßen.

Heesfeld war in seiner Jugend in Kriegsdienste gegangen; wegen seiner Geschicklichkeit wurde er von einem hohen Offizier in seine eigene Dienste genommen, der ihn in allem hatte unterrichten lassen, wozu er nur Lust gehabt hatte; mit diesem Herrn war er durch die Welt gereist, der nach zwanzig Jahren stirbt, und ihm ein schönes Stück Geld vermacht. Heesfeld war nun vierzig Jahr alt, reiste nach Haus, aber nicht zu seinen Eltern und Freunden, sondern er nahm einen fremden Geschlechtsnamen an, ging nach Dornfeld als französischer Sprachmeister, und obgleich seine Eltern und zween Brüder nur zwo Stunden von ihm ab wohnten, so wußten sie doch gar nichts von ihm, sondern sie glauben, er sei in der Fremde gestorben; auf seinem Todbette aber hat er sich seinen Brüdern zu erkennen gegeben, ihnen seine Umstände erzählt, und eine reichliche Erbschaft hinterlassen; und nach seinem System war es auch da noch früh genug.

Man nenne dieses nun Fehler oder Tugend, er hatte bei dem allem eine edle Seele; seine Menschenliebe war auf einen hohen Grad gestiegen, aber er handelte ingeheim; auch denen er Guts tat, die durften's nicht wissen. Nichts konnte ihn mehr ergötzen, als wenn er hörte, daß die Leute nicht wüßten, was sie aus ihm machen sollten.

Wenn er mit Stilling spazierenging, so sprachen sie von Künsten und Wissenschaften. Ihr Weg ging immer in die wildesten Einöden, dann stieg Heesfeld auf einen schwanken Baum, der sich gut biegen ließ, setzte sich oben in den Gipfel, hielt sich fest, und wiegte sich mit ihm auf die Erde, legte sich eine Weile in Äste und ruhete. Stilling machte ihm das dann nach, und lagen sie und plauderten, wenn sie dessen müde waren, so stunden sie auf, und dann richteten sich die Bäume wieder auf; das war Heesfelds Freude, dann sagte er wohl: »Schön sind unsre Betten, wenn wir aufstehen, so fahren sie gen Himmel!« – Zuweilen gab er auch wohl jemand ein

Rätsel auf, und fragte: »Was sind das vor Betten, die in die Luft fliegen, wenn man aufsteht?«

Stilling lebte aus der Maßen vergnügt zu Dornfeld. Herr Spanier schickte ihm Geld genug, und er studierte recht fleißig, denn in neun Wochen war er fertig; es ist unglaublich, aber doch gewiß wahr; er verstand diese Sprache nach zween Monaten hinlänglich, er las die französische Zeitung teutsch weg, als wenn sie in letzterer Sprache gedruckt wäre, auch schrieb er schon damalen einen französischen Brief ohne Grammatikalfehler, und las richtig, nur fehlte ihm noch die Übung im Sprechen. Den ganzen Syntax hatte er zur Genüge innen; so daß er nun selbst getrost anfangen konnte, in dieser Sprache zu unterrichten.

Stilling beschloß also, nunmehr von Herrn Heesfeld Abschied zu nehmen, und zu seinem neuen Patron zu ziehen. Beide weinten, als sie voneinander gingen. Heesfeld gab ihm eine Stunde weit das Geleit. Als sie sich nun herzten und küßten, schloß ihn Herr Heesfeld in die Arme, und sagte: »Mein Freund! wenn Ihnen je etwas mangelt, so schreiben Sie mir, ich werde Ihnen tun, was ein Bruder dem andern tun soll; mein Wandel ist verborgen, aber ich wünsche zu wirken wie die Mutter Natur, man sieht ihre ersten Quellen nicht, aber man trinkt sich satt an ihren klaren Bächen.« Es fiel Stilling hart, von ihm wegzukommen; endlich rissen sie sich voneinander, gingen ihres Weges, und sahen nicht wieder hinter sich.

Stilling wanderte also zurück zu Herrn Spanier, und kam zween Tage vor Michaelis 1763 des Abends in Herrn Spaniers Haus an. Dieser Mann freute sich über die Maße, als er Stilling so geschwind bei sich sahe. Er behandelte ihn alsofort als einen Freund, und Stilling fühlte wohl, daß er nunmehro bei Leuten wäre, die ihm Freude und Wonne machen würden.

Des andern Tages fing er seine Information an. Die Einrichtung derselben ward folgendergestalt von Herrn Spanier angeordnet: Die Kinder sowohl, als ihr Lehrer, waren bei ihm in seiner Stube; auf diese Weise konnte er sie selber beobachten, und ziehen, und auch beständig mit Stilling von allerhand Sachen reden. Dabei gab Herr Spanier seinem Hausinformator auch Zeit genug, selber zu lesen. Die Unterweisung dauerte den ganzen Tag, aber so gemächlich und unterhaltend, daß sie niemand langweilig und beschwerlich werden konnte.

Herr Spanier aber hatte Stillingen nicht bloß zum Lehrer seiner Kinder bestimmt, sondern er hatte noch eine andre schöne Absicht mit ihm, er wollte ihn in seinen Handelsgeschäften brauchen; das entdeckte er ihm aber nicht eh', bis auf den Tag, da er ihm einen Teil seiner Fabrik zu verwalten übertrug. Hierdurch glaubte er auch Stillingen Veränderung zu machen, und ihn vor der Melancholie zu bewahren.

Alles dieses gelang auch vollkommen. Nachdem er vierzehn Tage informiert hatte, so übertrug ihm Herr Spanier seine drei Hämmer, und die Güter, welche anderthalb Stunden von seinem Hause, nicht weit von Hochbergs Wohnung, lagen. Stilling mußte alle drei Tage dahin gehen, um die fertige Waren wegzuschaffen, und alles zu besorgen.

Auch mußte er rohe Waren einkaufen, und des Endes drei Stunden weit wöchentlich ein paarmal auf die Landstraße gehen, wo die Fuhrleute mit dem rohen Eisen herkamen, um das Nötige von ihnen einzukaufen; wenn er dann wiederkam und recht müde war, so tat ihm die Ruhe ein paar Tage wieder gut, er las dann selbsten und informierte dabei.

Der vergnügte Umgang aber, den Stilling mit Herrn Spanier hatte, war über alles. Sie waren recht vertraulich zusammen, redeten von Herzen von allerhand Sachen, besonders war Spanier ein ausbündiger geschickter Landwirt und Kaufmann, so daß Stilling oftmals zu sagen pflegt, Herrn Spaniers Haus war meine Akademie, wo ich Ökonomie, Landwirtschaft und das Kommerzienwesen aus dem Grund zu studieren Gelegenheit hatte.

So wie ich hier Stillings Lebensart beschrieben habe, so dauerte sie, ohne eine einzige trübe Stunde dazwischen zu haben, sieben ganzer Jahr' in einem fort; ich will davon nun nichts weiter sagen, als daß er in all dieser Zeit, in Absicht der Weltkenntnis, Lebensart, und obigen häuslichen Wissenschaften ziemlich zugenommen habe. Seine Schüler unterrichtete er, diese ganze Zeit über, in der lateinischen und französischen Sprache, wodurch er selber immer mehr Fertigkeit in beiden Stücken erlangte, und dann in der reformierten Religion, im Lesen, Schreiben und Rechnen.

Seine eigene Lektür bestand anfänglich in allerhand poetischen Schriften. Er las erstlich Miltons »Verlornes Paradies«, hernach Youngs »Nachtgedanken«, und darauf die »Messiade« von Klopstock; drei Bücher, die recht mit seiner Seele harmonierten; denn so wie er vorhin sanguinisch zärtlich gewesen war, so hatte er nach seiner schrecklichen Periode bei Herrn Hochberg eine sanfte zärtliche Melancholie angenommen, die ihm auch vielleicht bis an seinen Tod anhängen wird.

In der Mathematik tat er jetzt nicht viel mehr, hingegen legte er sich mit Ernst auf die Philosophie, las Wolffs teutsche Schriften ganz, desgleichen Gottscheds gesamte Philosophie, Leibnizens »Theodizee«, Baumeisters kleine Logik und Metaphysik demonstrierte er ganz nach, und nichts in der Welt war ihm angenehmer als die Übung in diesen Wissenschaften; allein er spürte doch eine Leere bei sich und ein Mißtrauen gegen diese Systeme, denn sie erstickten wahrlich alle kindliche Empfindung des Herzens gegen Gott; sie mögen eine Kette von Wahrheiten sein, aber die wahre philosophische Kette, an welche sich alles anschließt, haben wir noch nicht. Stilling glaubte diese zu finden, allein er fand sie nicht, und nun gab er sich ferner ans Suchen, teils durch eigenes Nachdenken, teils in andern Schriften, und noch bis dahin wandelt er traurig auf diesem Wege, weil er noch keine Auskunft siehet.

Herr Spanier stammte auch aus dem salenschen Lande her; denn sein Vater war nicht weit von Kleefeld geboren, wo Stilling seine letzte Kapellenschule bedient hatte, deswegen hatte er auch zuweilen Geschäfte daselbst zu verrichten, hierzu brauchte er nun Stilling auch darum am liebsten, weil er daselbst bekannt war. Nachdem er nun ein Jahr bei seinem Patron, und also beinah drittehalb Jahr' in der Fremde gewesen, so trat er seine erste Reise zu Fuß nach seinem Vaterland an. Er hatte zwölf Stunden von Herrn Spanier bis zu seinem Oheim Johann Stilling, und dreizehn bis zu seinem Vater; diese Reise wollte er in *einem* Tage abtun. Er machte sich deswegen des Morgens früh mit Tages Anbruch auf den Weg, und reiste vergnügt fort, aber er nahm eine nähere Straße vor sich, als er ehmals gekommen war. Des Nachmittags um vier Uhr kam er auf einer Höhe an die Grenze des salenschen Landes, er sah in all die bekannte Gebirge hinein, sein Herz zerschmolz, er setzte sich hin, weinte Tränen der Empfindsamkeit, und dankte Gott für seine schwere aber sehr heilsame Führung; er bedachte, wie elend und arm er aus seinem Vaterland ausgegangen, und daß er nun Überfluß an Geld, schönen Kleidern und an aller Notdurft habe; dieses machte ihn so weich und so dankbar gegen Gott, daß er sich des Weinens nicht enthalten konnte.

Er wanderte also weiter, und kam nach einer Stunde bei seinem Oheim zu Lichthausen an. Die Freude war nicht auszusprechen, die da entstand, als sie ihn sahen; er war nun lang und schwank ausgewachsen, hatte ein schönes dunkelblaues Kleid, und feine weiße Wäsche an, sein Haar war gepudert, und rundum aufgerollt, dabei sah er nun munter und blühend aus, weil es ihm wohl ging. Sein Oheim umarmte und küßte ihn, und die Tränen liefen ihm die Wangen herunter, indem kam auch seine Muhme, Mariechen Stillings. Sie war seit der Zeit auch nach Lichthausen verheiratet, sie fiel ihm um den Hals, und küßte ihn ohne Aufhören.

Diese Nacht blieb er bei seinem Oheim, des andern Morgens ging er auch nach Leindorf zu seinem Vater. Wie der rechtschaffene Mann aufsprang, als er ihn so unvermutet kommen sahe! er sank wieder zurück, Stilling aber lief auf ihn zu, umarmte und küßte ihn zärtlich. Wilhelm hielt seine Hände vor die Augen und weinte, sein Sohn vergoß ebenfalls Tränen, indem kam auch die Mutter, sie schüttelte ihm die Hand, und weinte laut vor Freuden, daß sie ihn gesund wiedersehe.

Nun erzählte Stilling seinen Eltern alles, was ihm begegnet war und wie gut es ihm nun ginge. Indessen erschallte das Gerücht von Stillings Ankunft im ganzen Dorf. Das Haus wurde voller Leute; Alte und Junge kamen, um ihren ehemaligen Schulmeister zu sehen, und das ganze Dorf war voll Freude über ihn.

Gegen Abend ging Wilhelm mit seinem Sohn über die Wiesen spazieren. Er redete viel mit ihm von seinen vergangenen und künftigen Schicksalen, und zwar recht im Ton des alten Stillings, so daß sein Sohn von Ehrfurcht und Liebe durchdrungen war. Endlich fing Wilhelm an: »Hör, mein Sohn! Du mußt deine Großmutter besuchen, sie liegt elend an der Gicht darnieder, und wird nicht lange mehr leben, sie redet immer von dir, und wünscht noch einmal, vor ihrem Ende, mit dir zu sprechen.« Des andern Morgens machte sich also Stilling auf, und ging nach Tiefenbach hin. Wie ihm ward, als er das alte Schloß, den Giller, den hitzigen Stein, und das Dorf selber sahe! Diese Empfindung läßt sich nicht aussprechen; er untersuchte sich, und fand, wenn er noch seinen jetzigen Zustand mit seiner Jugend vertauschen könnte, er würde es gerne tun. Er langte in kurzer Zeit im Dorf an; alles Volk lief aus, so daß er gleichsam im Gedränge an das ehrwürdige Haus seiner Väter kam. Es schauerte ihn, wie er hineintrat, just als wenn er in einen alten Tempel ginge. Seine Muhme Elisabeth war in der Küchen, sie lief auf ihn zu, gab ihm die Hand, weinte, und führte ihn in die Stube; da lag nun seine Großmutter Margarethe Stillings in einem saubern Bettchen an der Wand bei dem Ofen; ihre Brust war hoch in die Höhe getrieben. Die Knöchel an ihren Händen waren dick, die Finger steif, und einwärts ausgerenkt. Stilling lief bei sie, griff ihre Hand und sagte mit Tränen in den Augen. »Wie geht's, liebe Großmutter? Es ist mir eine Seelenfreude, daß ich Euch noch einmal wiedersehe.« Sie suchte, sich in die Höhe zu arbeiten, fiel aber ohnmächtig zurück. »Ach!« rief sie. »ich kann dich noch einmal vor meinem Ende hören und fühlen, komm doch bei mich, daß ich dich im Gesicht fühlen kann!« Stilling bückte sich bei sie; sie fühlte nach seiner Stirn, seinen Augen, Nasen, Mund, Kinn, und Wangen. Indessen geriet sie auch mit den steifen Fingern in seine Haare, sie fühlte den Puder; »so!« sagte sie; »du bist der erste, der aus unsrer Familie seine Haare pudert, sei aber nicht der erste, der auch Gottesfurcht und Redlichkeit vergißt!« Nun fuhr sie fort: »Kann ich dich mir vorstellen, als wenn ich dich sähe; erzähl mir nun auch, wie es dir gegangen hat, und wie es dir nun gehet.« Stilling erzählte ihr alles kurz und bündig. Als er ausgeredet hatte, fing sie an: »Hör, Henrich! sei demütig und fromm, so wird's dir wohl gehen, schäme dich nie deines Herkommens und deiner armen Freunde, du magst so groß werden in der Welt als du willst. Wer gering ist, kann durch Demut groß werden, und wer vornehm ist, kann durch Stolz gering werden; wenn ich nun tot bin, so ist's einerlei, was ich in der Welt gewesen bin, wenn ich nur christlich gelebt habe.«

Stilling mußte ihr mit Hand und Mund alles dieses angeloben. Nachdem er nun noch ein und anders mit ihr geredet hatte, nahm er schnell Abschied von ihr, das Herz brach ihm, denn er wußte, daß er sie in diesem Leben nicht wiedersehen würde; sie war am Rande des Todes; allein sie griff ihm die Hand, hielt ihn fest, und sagte: »Du eilst – Gott sei mit dir, mein Kind! vor dem Thron Gottes seh ich dich wieder!« Er drückte ihr die Hand und weinte. Sie merkte das: »Nein!« fuhr sie fort, »weine nicht über mich! mir geht's wohl, ich empfehl dich Gott von Herzen in seine väterliche Hände, der wolle dich segnen, und vor allem Bösen bewahren! Nun geh in Gottes Namen!« Stilling riß sich fort, lief aus dem Hause weg, und ist auch seitdem nicht wieder dahin gekommen. Einige Tage nachher starb Margarethe Stillings; sie liegt zu Florenburg, neben ihrem Manne, begraben.

Nun war's Stilling, als wenn ihm sein Vaterland zuwider wäre; er machte sich fort und eilte wieder in die Fremde, kam auch bei Herrn Spanier wieder an, nachdem er fünf Tage ausgeblieben war.

Ich will mich mit Stillings einförmigen Lebensart und Verrichtungen die ersten vier Jahre durch, nicht aufhalten, sondern ich gehe zu wichtigern Sachen über. Er war nun schon eine geraume Zeit her mit der Information, und Herrn Spaniers Geschäften umgegangen; er rückte immer mehr und mehr in seinen Jahren fort, und es begann, ihm zuweilen einzufallen: was doch wohl am Ende noch aus ihm werden würde? – Mit dem Handwerk war's nun gar aus, er hatte es in einigen Jahren nicht mehr versucht, und die Unterweisung der Jugend war ihm ebenfalls verdrießlich, er war ihrer von Herzen müde, und er fühlte, daß er nicht dazu gemacht war: denn er war geschäftig und wirksam. Die Kaufmannschaft gefiel ihm auch nicht, denn er sah wohl ein, daß er sich gar nicht dazu schicken würde, beständig fort mit dergleichen Sachen umzugehen, dieser Beruf war seinem Grundtrieb zuwider; doch wurde er weder verdrießlich noch melancholisch, sondern er erwartete, was Gott aus ihm machen würde.

Einsmals an einem Frühlingsmorgen, im Jahr 1768, saß er nach dem Coffeetrinken am Tisch; die Kinder liefen noch eine Weile im Hof herum, er griff hinter sich nach einem Buch, und es fiel ihm just Reitzens »Historie der Wiedergebornen« in die Hand, er blätterte ein wenig darinnen herum ohne Absicht und ohne Nachdenken; indem fiel ihm die Geschichte eines Mannes ins Gesicht, der in Griechenland gereist war, um daselbsten die Überbleibsel der ersten christlichen Gemeinden zu untersuchen. Diese Geschichte las er zum Zeitvertreib. Als er dahin kam, wo der Mann auf seinem Todbette noch seine Lust an der griechischen Sprache bezeugt, und besonders bei dem Wort Eilikrineia so ein vortreffliches Gefühl hat, so war es Stilling, als wenn er aus einem tiefen Schlaf erwachte. Das Wort Eilikrineia stand vor ihm, als wenn es in einem Glanz gelegen hätte, dabei fühlte er einen unwiderstehlichen Trieb, die griechische Sprache zu lernen, und einen verborgenen starken Zug zu etwas, das er noch gar nicht kannte, auch nicht zu sagen wußte, was es war. Er besann sich, und dachte: Was will ich doch mit der griechischen Sprache machen? wozu wird sie mir nutzen? welche ungeheure Arbeit ist das für mich, in meinem 28sten Jahr noch eine so schwere Sprache zu lernen, die ich noch nicht einmal lesen kann! Allein alle Einwendungen der Vernunft waren ganz fruchtlos, sein Trieb dazu war so groß, und die Lust so heftig, daß er nicht genug eilen konnte, um zum Anfang zu kommen. Er sagte dieses alles Herrn Spanier; dieser bedachte sich ein wenig, endlich sagte er: »Wenn Ihr Griechisch lernen müßt, so lernt es!« Stilling machte sich alsofort auf, und ging nach Waldstätt zu einem gewissen vortrefflichen Kandidaten der Gottesgelahrtheit, der sein sehr guter Freund war, diesem entdeckte er alles. Der Kandidat freute sich, munterte ihn dazu auf, und sogar empfahl er ihm, die Theologie zu studieren; allein Stilling spürte keine Neigung dazu, sein Freund war auch damit zufrieden, und riet ihm, auf den Wink Gottes genau zu merken, und demselben, sobald er ihn spürte, blindlings zu folgen. Nun schenkte er ihm die nötigen Bücher, die griechische Sprache zu lernen, und wünschte ihm Gottes Segen. Von da ging er auch zu den Predigern, und entdeckte ihnen sein Vorhaben, diese waren auch sehr wohl damit zufrieden, besonders Herr Seelburg versprach ihm alle Hülfe und nötigen Unterricht, denn er kam alle Woche zweimal in Herrn Spaniers Haus.

Nun fing Stilling an, Griechisch zu lernen. Er applizierte sich mit aller Kraft darauf, bekümmerte sich aber wenig um die Schulmethode, sondern er suchte nur mit Verstand in den Genius der Sprache einzudringen, um das, was er las, recht zu verstehen. Kurz, in fünf Wochen hatte er auch die fünf ersten Kapitel des Evangeliums Matthäi, ohne Fehler gemacht zu haben, ins Lateinische übersetzt, und alle Wörter zugleich analysiert. Herr Pastor Seelburg erstaunte und wußte nicht, was er sagen sollte; dieser rechtschaffene Mann unterrichtete ihn nur in der Aussprache, und die faßte er gar bald. Bei dieser Gelegenheit machte er sich auch ans Hebräische, und brachte es auch darin in kurzem so weit, daß er mit Hülfe eines Lexikons sich helfen konnte; auch hier tat Herr Seelburg sein Bestes an ihm.

Indessen daß er mit erstaunlichen Fleiß und Arbeit sich mit diesen Sprachen beschäftigte, schwieg Herr Spanier ganz still dazu, und ließ ihn machen; kein Mensch wußte was aus dem Dinge werden wollte, und er selber wußte es nicht; die mehresten aber glaubten von ihm, er würde ein Prediger werden wollen.

Endlich entwickelte sich die ganze Sache auf einmal. An einem Nachmittag im Julius spazierte Herr Spanier in der Stuben auf und ab, wie er zu tun pflegte, wenn er eine wichtige Sache überlegte,

Stilling aber arbeitete an seinen Sprachen, und an der Information. »Hört, Präzeptor!« fing endlich Spanier an: »mir fällt da auf einmal ein, was Ihr tun sollt, Ihr müßt Medizin studieren.«

Ich kann's nicht aussprechen, wie Stilling bei diesem Vorschlag zumute war, er konnte sich fast nicht auf den Füßen halten, so daß Herr Spanier erschrak, ihn angriff und sagte: »Was fehlt Euch?« »O Herr Spanier! was soll ich sagen, was soll ich denken? das ist's, wozu ich bestimmt bin. Ja, ich fühl in meiner Seelen, das ist das große Ding, das immer vor mir verborgen gewesen, das ich so lange gesucht, und nicht habe finden können! dazu hat mich der himmlische Vater von Jugend auf durch schwere und scharfe Prüfungen vorbereiten wollen. Gelobet sei der barmherzige Gott, daß er mir doch endlich seinen Willen offenbaret hat, nun will ich auch getrost seinem Wink folgen.«

Hierauf lief er nach seiner Schlafkammer, fiel auf seine Knie, dankte Gott, und bat den Vater der Menschen, daß er ihn nun den nächsten Weg zum bestimmten Zweck führen möchte. Er besann sich auf seine ganze Führung, und nun sah er klar ein, warum er eine so ausgesonderte Erziehung genossen, warum er die lateinische Sprache so früh habe lernen müssen, warum sein Trieb zur Mathematik, und zur Erkenntnis der verborgenen Kräfte der Natur ihm eingeschaffen worden, warum er durch viele Leiden beugsam und bequem gemacht worden, allen Menschen zu dienen, warum eine Zeit her seine Lust zur Philosophie so gewachsen, daß er die Logik und Metaphysik habe studieren müssen, und warum er endlich zur griechischen Sprache solche Neigung bekommen? Nun wußte er seine Bestimmung, und von Stund an beschloß er, für sich zu studieren, und so lange Materialien zu sammlen, bis es Gott gefallen würde, ihn nach der Universität zu schicken.

Herr Spanier gab ihm nun Erlaubnis, des Abends einige Stunden für sich zu nehmen; er brauchte ihn auch nicht mehr so stark in Handlungsgeschäften, damit er Zeit haben möchte zu studieren. Stilling setzte nun mit Gewalt sein Sprachstudium fort, und fing an, sich mit der Anatomie aus Büchern bekanntzumachen. Er las Krügers »Naturlehre«, und machte sich alles, was er lase, ganz zu eigen, er suchte sich auch einen Plan zu formieren, wornach er seine Studien einrichten wollte, und dazu verhalfen ihm einige berühmte

Ärzte, mit denen er korrespondierte. Mit einem Wort, alle Disziplinen der Arzeneikunde ging er für sich so gründlich durch, als es ihm für die Zeit möglich war, damit er sich doch wenigstens allgemeine Begriffe von allen Stücken verschaffen möchte.

Diese wichtige Neuigkeit schrieb er alsofort an seinen Vater und Oheim. Sein Vater antwortete ihm darauf: daß er ihn der Führung Gottes überlasse, nur könne er von seiner Seiten auf keine Unterstützung hoffen, er sollte nur behutsam sein, damit er sich nicht in ein neues Labyrinth stürzen möchte. Sein Oheim aber war ganz unwillig auf ihn, der glaubte ganz gewiß, daß es nur ein bloßer Hang zu neuen Dingen sei, der sicherlich übel ausschlagen würde. Stilling ließ sich das alles gar nicht anfechten, sondern fuhr nur getrost fort zu studieren. Wo die Mittel herkommen sollten, das überließ er der väterlichen Vorsehung Gottes.

Im folgenden Frühjahr, als er schon ein Jahr studiert hatte, mußte er wieder in Geschäften seines Herrn ins salensche Land reisen. Dieses erfreute ihn ungemein, denn er hoffte jetzt seine Freunde mündlich besser zu überzeugen: daß es wirklich der Wille Gottes über ihn sei, die Medizin zu studieren. Er ging also des Morgens früh fort, und des Nachmittags kam er bei seinem Oheim zu Lichthausen an. Dieser ehrliche Mann fing alsofort, nach der Bewillkommnung, an, mit ihm zu disputieren, wegen seines neuen Vorhabens. Die ganze Frage war: wo soll so viel Geld herkommen, als zu einem so weitläuftigen und kostbaren Studium erfordert wird? – Stilling beantwortete diese Frage immer mit seinem Symbolum: »Jehovah iuvabit«, (der Herr wird's versehen.)

Des andern Morgens ging er auch zu seinem Vater; dieser war ebenfalls sorgfältig, und fürchtete, er möchte in diesem wichtigen Vorhaben scheitern: doch disputierte er nicht mit ihm, sondern überließ ihn seinem Schicksal.

Nachdem er nun seine Geschäfte verrichtet hatte, ging er wieder nach seinem Vater, nahm Abschied von ihm, und darauf nach seinem Oheim. Dieser war aber in ein paar Tagen ganz verändert. Stilling erstaunte darüber, noch mehr aber, als er die Ursache vernahm. »Ja«, sagte Johann Stilling: »Ihr müßt Medizin studieren, jetzt weiß ich, daß es Gottes Wille ist!«

Um diese Sache in ihrem Ursprung begreifen zu können, muß ich eine kleine Ausschweifung machen, die Johann Stilling betrifft. Er war, noch ehe er Landmesser wurde, mit einem sonderbaren Mann, einem katholischen Pfarrer, bekannt geworden, dieser war ein sehr geschickter Augenarzt, und weit und breit wegen seiner Kuren berühmt. Nun hatte Johann Stillings Frau sehr wehe Augen, deswegen ging ihr Mann zu Molitor hin, um etwas für sie zu holen. Der Pfarrer merkte bald, daß Johann einen offenen Kopf hatte, und deswegen munterte er ihn auf, sich wacker in der Geometrie zu üben. Molitor hatte es gut mit ihm vor, er hatte Anleitung, bei einem sehr reichen und vornehmen Freiherrn Rentmeister zu werden, und dieser Dienst gefiel ihm besser als seine Pfarre. Nun war dieser Freiherr ein großer Liebhaber von der Geometrie, und willens, alle seine Güter auf Karten bringen zu lassen. Hierzu bestimmte Molitor Johann Stillingen, und dieses geriet auch vollkommen. Solange der alte Freiherr lebte, hatten Molitor, Johann Stilling und zuweilen auch Wilhelm Stilling ihr Brot zu diesem Herrn; als dieser aber starb, so wurde Molitor abgedankt, und die Landmesserei hatte auch ein Ende.

Nun wurde Molitor in seinem Alter Vikarius in einem Städtchen, welches vier Stunden von Lichthausen nordwärts liegt. Seine meiste Beschäftigung bestand in chemischen Arbeiten und Augenkuren, worinnen er noch immer der berühmteste Mann, in der ganzen Gegend, war.

Just nun während der Zeit, daß Heinrich Stilling in Geschäften seines Herrn, im salenschen Lande war, schrieb der alte Herr Molitor an Johann Stilling: daß er alle seine Geheimnisse für die Augen ganz getreu und umständlich, ihren Gebrauch und Zubereitung sowohl, als auch die Erklärung der vornehmsten Augenkrankheiten, nebst ihrer Heilmethode aufgesetzt habe. Da er nun alt, und nah an seinem Ende sei, so wünschte er, dieses gewiß herrliche Manuskript in guten Händen zu sehen. In Betracht nun der festen und genauen Freundschaft, welche unter ihnen beiden, ohngeachtet der Religionsungleichheit, ununterbrochen fortgewährt habe, wollte er ihn freundlich ersuchen, ihm zu melden: ob nicht jemand Rechtschaffenes in seiner Familie sei, der wohl Lust hätte, die Arzeneiwissenschaft zu studieren, den sollt' er zu ihm schicken, er wäre bereit, demselben alsofort das Manuskript, nebst noch andern schönen medizinischen Sachen, zu übergeben, und zwar ganz umsonst, doch mit dem Beding, daß er ein Handgelübde tun müßte, jederzeit arme Notleidende umsonst damit zu bedienen. Nur müßte es jemand sein, der Medizin studieren wollte, damit die Sachen nicht unter Pfuschers Händen geraten möchten.

Dieser Brief hatte Johann Stilling in Absicht auf seinen Vetter ganz umgeschmolzen. Daß er just in diesem Zeitpunkt ankam, und daß Herr Molitor just in dieser Zeit, da sein Vetter Medizin studieren wollte, auf den Einfall kam, das schien ihm ein ganz überzeugender Beweis zu sein, daß Gott die Hand mit im Spiel habe; deswegen sprach er auch zu Stillingen: »Lest diesen Brief, Vetter! ich habe nichts mehr gegen Euer Vorhaben einzuwenden! ich sehe, es ist Gottes Finger.«

Alsofort schrieb Johann Stilling einen sehr freundschaftlichen und dankbaren Brief an Herrn Molitor, und empfahl ihm seinen Vetter aufs beste. Mit diesem Brief wanderte des andern Morgens Stilling nach dem Städtchen hin, wo Molitor wohnte. Als er dahin kam, fragte er nach diesem Herrn; man wies ihm ein kleines niedliches Häuschen. Stilling schellte, und eine betagte Frauensperson tat ihm die Tür auf, und fragte: wer er wäre? Er antwortete: »Ich heiße Stilling, und hab etwas mit dem Herrn Pastor zu sprechen.« Sie ging hinauf; nun kam der alte Greis selber, bewillkommte Stilling, und führte ihn hinauf in sein kleines Kabinettchen. Hier überreichte er seinen Brief. Nachdem Molitor denselben gelesen, so umarmte er Stillingen, und erkundigte sich nach seinen Umständen, und nach seinem Vorhaben. Er blieb diesen ganzen Tag bei ihm, besahe das niedliche Laboratorium, seine bequeme Augenapotheke, und seine kleine Bibliothek. »Dieses alles«, sagte Herr Molitor: »will ich Ihnen in meinem Testament vermachen, eh' ich sterbe.« So verbrachten sie diesen Tag recht vergnügt zusammen.

Des andern Morgens früh gab Molitor das Manuskript an Stillingen ab, doch mit dem Beding, daß er's abschreiben, und ihm das Original wieder zustellen sollte; dagegen gelobte Molitor mit einem teuren Eid, daß er's niemand weiter geben, sondern es so verbergen wollte, daß es niemalen jemand wieder finden könnte. Überdas hatte der ehrliche Greis noch verschiedene Bücher apart gestellt, die er Stilling mit nächstem zu schicken versprach; allein, dieser packte sie in seinen Reisesack, nahm sie auf seinen Buckel und trug sie fort. Molitor begleitete ihn bis vor das Tor, da sah er auf gen Himmel, faßte Stilling an der Hand, und sagte: »Der Herr! der Heilige! der Überallgegenwärtige! bewirke Sie durch Seinen heiligen Geist: zum besten Menschen, zum besten Christen, und zum besten Arzt!« Hierauf küßten sie sich, und schieden voneinander.

Stilling vergoß Tränen bei diesem Abschied, und dankte Gott für diesen vortrefflichen Freund. Er hatte zehn Stunden bis zu Herrn Spanier hin; diese machte er noch heute ab, und kam des Abends, schwer mit Büchern beladen, zu Hause an. Er erzählte seinem Patron den neuen Vorfall; dieser bewunderte mit ihm die sonderbare Führung und Leitung Gottes.

Nun gab sich Stilling ans Abschreiben. In vier Wochen hatte er dieses, bei seinen Geschäften, vollendet. Er packte also ein Pfund guten Tee, ein Pfund Zucker, und sonst noch ein und anderes in den Reisesack, desgleichen auch die beiden Manuskripte, und ging an einem frühen Morgen wieder fort, um seinen Freund Molitor zu besuchen, und ihm sein Manuskript wiederzubringen. Am Nachmittag kam er vor seiner Haustür an, und schellte; er wartete ein wenig, schellte wieder, aber es tat ihm niemand auf. Indessen stand eine Frau in einem Hause gegenüber an der Tür, die fragte: zu wem er wollte? Stilling antwortete: »Zu dem Herrn Pastor Molitor!« Die Frau sagte: »Der ist seit acht Tagen in der Ewigkeit!« – Stilling erschrak, daß er blaß wurde, er ging in ein Wirtshaus, wo er sich nach Molitors Todesumständen erkundigte, und wer sein Testament auszuführen hätte. Hier hörte er: daß er plötzlich am Schlag gestorben, und daß kein Testament vorhanden wäre. Stilling kehrte also mit seinem Reisesack wieder um, und ging noch vier Stunden zurück, wo er in einem Städtchen bei einem guten Freund übernachtete, so daß er frühzeitig des andern Tages wieder zu Haus war. Den ganzen Weg durch konnte er sich des Weinens nicht enthalten, ja er hätte gern auf Molitors Grab geweint, wenn der Zugang zu seiner Gruft nicht verschlossen gewesen wäre.

Sobald er zu Hause war, fing er an die molitorische Medikamente zu bereiten. Nun hatte Herr Spanier einen Knecht, dessen Knabe von zwölf Jahren seit langer Zeit sehr wehe Augen gehabt hatte; an diesem machte Stilling seinen ersten Versuch, und der geriet vortrefflich, so daß der Knabe in kurzer Zeit heil wurde; daher kam er bald in eine ordentliche Praxis, so daß er viel zu tun hatte, und gegen den Herbst schon hatte sich das Gerücht von seinen Kuren vier Stunden umher, bis nach Schönenthal, verbreitet.

Meister Isaak zu Waldstätt sah seines Freundes Gang und Schicksale mit an, und freute sich von Herzen über ihn, ja er schwamm im Vergnügen, wenn er sich vorstellte, wie er dermaleins den Doktor Stilling besuchen, und sich mit ihm ergötzen wollte. Allein, Gott machte einen Strich durch diese Rechnung, denn Meister Isaak wurde krank, Stilling besuchte ihn fleißig, und sah mit Schmerzen seinen nahen Tod. Den letzten Tag vor seinem Abschied saß Stilling am Bette seines Freundes; Isaak richtete sich auf, faßte ihn an der Hand, und sprach: »Freund Stilling! ich werde sterben, und eine

Frau mit vier Kindern hinterlassen, für ihren Unterhalt sorge ich nicht, denn der Herr wird sie versorgen; aber ob sie in des Herrn Wegen wandeln werden, das weiß ich nicht, und darum trage ich Ihnen die Aufsicht über sie auf, stehen Sie ihnen mit Rat und Tat bei, der Herr wird's Ihnen vergelten.« Stilling versprach das von Herzen gerne, solange als seine Aufsicht möglich sein würde. Isaak fuhr fort: »Wenn Sie von Herrn Spanier wegziehen werden, so entlasse ich Sie Ihres Versprechens, – jetzt aber bitte ich Sie: denken Sie immer in Liebe an mich, und leben Sie so, daß wir im Himmel ewig vereinigt sein können.« Stilling vergoß Tränen, und sagte: »Bitten Sie für mich um Gnade und Kraft!« »Ja!« sagte Isaak. »das werd ich erst tun, wenn ich werde vollendet sein, jetzt hab ich mit mir selber genug zu schaffen.« Stilling vermutete sein Ende noch so gar nahe nicht, daher ging er von ihm weg, und versprach morgen wiederzukommen; allein diese Nacht starb er. Stilling ging bei seinem Leichenkondukt der vorderste, weil er keine Anverwandten hatte; er weinte über seinem Grabe, und betrauerte ihn als einen Bruder. Seine Frau starb nicht lange nach ihm, seine Kinder aber sind alle recht wohl versorgt.

Nachdem nun Stilling beinah sechs Jahr' bei Herrn Spanier in Kondition gewesen war, und dabei die Augenkuren fortsetzte, so trug es sich bisweilen zu, daß sein Herr mit ihm von einem bequemen Plan redete, nach welchem er sich mit seinem Studieren zu richten hätte. Herr Spanier schlug ihm vor: er sollte noch einige Jahre bei ihm bleiben, und so vor sich studieren, alsdann wolle er ihm ein paar hundert Reichstaler geben, damit könne er nach einer Universität reisen, sich examinieren und promovieren lassen, und nach einem Vierteljahr wiederkommen, und so bei Herrn Spanier ferner wohnen bleiben. Was er dann weiter mit ihm vorhatte, ist mir nicht bekannt worden.

Dieser Plan gefiel Stilling ganz und zumalen nicht. Sein Zweck war, die Medizin auf einer Universität aus dem Grunde zu studieren; er zweifelte auch nicht, der Gott, der ihn dazu berufen habe, der würde ihm auch Mittel und Wege an die Hand geben, daß er's ausführen könne. Hiermit war aber Spanier nicht zufrieden, und deswegen schwiegen sie beide endlich ganz still von der Sache.

Im Herbst des 1769sten Jahrs, als Stilling eben sein dreißigstes Jahr angetreten hatte, und sechs Jahr' bei Herrn Spanier gewesen war, bekam er von einem Kaufmann zu Rasenheim, eine Stunde diesseits Schönenthal, der sich Friedenberg schrieb, einen Brief, worinnen ihn dieser Mann ersuchte, sobald als möglich nach Rasenheim zu kommen, weil einer seiner Nachbarn einen Sohn habe, der seit einigen Jahren mit bösen Augen behaftet gewesen, und Gefahr laufe, blind zu werden. Herr Spanier trieb ihn an, alsofort zu gehen. Stilling tat das, und nach dreien Stunden eben Vormittag kam er bei Herrn Friedenberg zu Rasenheim an. Dieser Mann bewohnte ein schönes niedliches Haus, welches er vor ganz kurzer Zeit hatte bauen lassen. Die Gegend, wo er wohnte, war überaus angenehm. Sobald Stilling in das Haus trat, und überall Ordnung, Reinigkeit und Zierde ohne Pracht bemerkte, so freute er sich, und fühlte, daß er da würde wohnen können. Als er aber in die Stube trat, und Herrn Friedenberg selber nebst seiner Gattin und neun schönen wohlgewachsenen Kindern so der Reihe nach sahe, wie sie alle zusammen nett und zierlich, aber ohne Pracht gekleidet, da gingen und standen, wie alle Gesichter Wahrheit, Rechtschaffenheit und Heiterkeit um sich strahlten, so war er ganz entzückt, und nun wünschte er wirklich, ewig bei diesen Leuten zu wohnen. Da war kein Treiben, kein Ungestüm, sondern eitel wirksame Tätigkeit aus Harmonie und guten Willen.

Herr Friedenberg bot ihm freundlich die Hand, und nötigte ihn zum Mittagessen. Stilling nahm das Anerbieten mit Freuden an. Sowie er mit diesen Leuten redete, so entdeckte sich alsofort eine unaussprechliche Übereinstimmung der Geister; alle liebten Stilling in dem Augenblick, und er liebte sie auch alle über die Maßen. Sein ganzes Gespräch mit Herrn und Frau Friedenberg war bloß vom Christentum und der wahren Gottseligkeit, wovon diese Leute ganz und allein Werk machten.

Nach dem Essen ging Herr Friedenberg mit ihm zum Patienten, welchen er besorgte, und darauf wieder mit seinem Freund zurück um Kaffee zu trinken. Mit einem Wort, diese drei Gemüter, Herr und Frau Friedenberg und Stilling, schlossen sich fest zusammen, wurden ewige Freunde, ohne sich es sagen zu dürfen. Des Abends ging letzterer wieder zurück an seinen Ort, allein er fühlte etwas Leeres nach diesem Tage, er hatte seit der Zeit seiner Jugend nie wieder eine solche Haushaltung angetroffen, er hätte gern näher bei Herrn Friedenberg gewohnt, um mehr mit ihm und seinen Leuten umgehen zu können.

Indessen fing der Patient zu Rasenheim an, sich zu bessern, und es fanden sich mehrere in dasigen Gegenden, sogar in Schönenthal selbsten, die seiner Hülfe begehrten; daher beschloß er, mit Genehmhaltung des Herrn Spaniers, alle vierzehn Tage des Samstags nachmittags wegzugehen, um seine Patienten zu besuchen, und des Montags morgens wiederzukommen. Er richtete es deswegen so ein, daß er des Samstags abends bei Herrn Friedenberg ankam, des Sonntags morgens ging er dann umher, und bis nach Schönenthal, besuchte seine Kranken, und des Sonntags abends kam er wieder nach Rasenheim, von wannen er des Montags morgens wieder nach Hause ging. Bei diesen vielfältigen Besuchen wurde seine genaue Verbindung mit Herrn Friedenberg und seinem Hause immer stärker; er erlangte auch eine schöne Bekanntschaft in Schönenthal mit vielen frommen gottesfürchtigen Leuten, die ihn sonntags mittags wechselsweise zum Essen einluden, und sich mit ihm vom Christentum und andern guten Sachen unterredeten.

Dieses dauerte so fort bis in den Februar des folgenden 1770sten Jahrs, als Frau Friedenberg mit einem jungen Töchterlein entbunden wurde; diese frohe Neuigkeit machte Herr Friedenberg nicht nur seinem Freunde Stilling bekannt, sondern er ersuchte ihn sogar des folgenden Freitags als Gevatter bei seinem Kinde an der Taufe zu stehen. Dieses machte Stillingen ungemeine Freude. Herr Spanier indessen konnte nicht begreifen, wie ein Kaufmann dazu komme, den Bedienten eines andern Kaufmanns zu Gevattern zu bitten; allein Stillingen wunderte das nicht, denn Herr Friedenberg und er wußten von keinem Unterschied des Standes mehr, sie waren Brüder.

Zur bestimmten Zeit ging also Stilling hin, um der Taufe beizuwohnen. Nun hatte aber Herr Friedenberg eine Tochter, welche die älteste unter seinen Kindern, und damals im einundzwanzigsten Jahr war. Dieses Mädchen hatte von ihrer Jugend an die Stille und Eingezogenheit geliebt, und deswegen war sie blöde gegen alle fremde Leute, besonders wenn sie etwas vornehmer gekleidet waren als sie gewohnt war. Ob dieser Umstand zwar in Ansehung

Stillings nicht im Wege stand, so vermied sie ihn doch soviel sie konnte, so daß er sie wenig zu sehen bekam. Ihre ganze Beschäftigung hatte von Jugend auf in anständigen Hausgeschäften, und dem nötigen Unterricht in der christlichen Religion nach dem evangelisch-lutherischen Bekenntnis, nebst Schreiben und Lesen bestanden; mit einem Worte, sie war ein niedliches artiges junges Mädchen, die eben nirgends in der Welt gewesen war, um nach der Mode leben zu können, deren gutes Herz aber, alle diese einem rechtschaffenen Mann unbedeutende Kleinigkeiten reichlich ersetzten.

Stilling hatte diese Jungfer vor den andern Kindern seines Freundes nicht vorzüglich bemerkt, er fand in sich keinen Trieb dazu, und er durfte auch an so etwas nicht denken, weil er noch ehe weit aussehende Dinge aus dem Wege zu räumen hatte.

Dieses liebenswürdige Mädchen hieß Christine. Sie war seit einiger Zeit schwerlich krank gewesen, und die Ärzte verzweifelten alle an ihrem Aufkommen. Wenn nun Stilling nach Rasenheim kam, so fragte er nach ihr, als nach der Tochter seines Freundes; da ihm aber niemand Anlaß gab, sie auf ihrem Zimmer zu besuchen, so dachte er auch nicht daran.

Diesen Abend aber, nachdem die Kindtaufe geendigt war, stopfte Herr Friedenberg seine lange Pfeife, und fragte seinen neuen Gevatern: »Gefällt es Ihnen einmal mit mir meine kranke Tochter zu besuchen? mich verlangt, was Sie von ihr sagen werden, Sie haben doch schon mehr Erkenntnis von Krankheiten, als ein anderer.« Stilling war dazu willig; sie gingen zusammen hinauf ins Zimmer der Kranken. Sie lag matt und elend im Bett, doch hatte sie noch viele Munterkeit des Geistes. Sie richtete sich auf, gab Stilling die Hand und hieß ihn sitzen. Beide setzten sich also ans Bett ans Nachttischchen. Christine schämte sich jetzt vor Stillingen nicht, sondern sie redete mit ihm von allerhand das Christentum betreffenden Sachen. Sie wurde ganz aufgeräumt, und vertraulich. Nun hatte sie oft bedenkliche Zufälle, deswegen mußte jemand des Nachts bei ihr wachen; dieses geschah aber auch zum Teil deswegen, weil sie nicht viel schlafen konnte. Als nun beide eine Weile bei ihr gesessen hatten, und eben weggehen wollten, so ersuchte die kranke Jungfer ihren Vater: ob er wohl erlauben wollte, daß Stilling mit ihrem ältern Bruder diese Nacht bei ihr wachen möchte? Herr Friedenberg gab das sehr gerne zu, mit dem Beding aber, wenn es Stillingen nicht zuwider sei. Dieser leistete sowohl der Kranken als auch den Ihrigen diesen Freundschaftsdienst gerne. Er begab sich also mit dem ältesten Sohn des Abends um neun Uhr auf ihr Zimmer; beide setzten sich vor das Bett, ans Nachttischchen, und sprachen mit ihr von allerhand Sachen, um sich die Zeit zu vertreiben, zuweilen lasen sie auch etwas darzwischen.

Des Nachts um ein Uhr sagte die Kranke zu ihren beiden Wächtern: sie möchten ein wenig still sein, sie glaubte etwas schlafen zu können. Dieses geschah. Der junge Herr Friedenberg schlich indessen herab, um etwas Kaffee zu besorgen; er blieb aber ziemlich lang aus, und Stilling begann auf seinem Stuhl zu nicken. Nach etwa einer Stunde regte sich die Kranke wieder. Stilling schob die Gardine ein wenig voneinander, und fragte sie: ob sie geschlafen habe? Sie antwortete: »Ich hab so wie im Taumel gelegen. Hören Sie, Herr Stilling! ich hab einen sehr lebhaften Eindruck in mein Gemüt bekommen, von einer Sache, die ich aber nicht sagen darf, bis zu einer andern Zeit.« Bei diesen Worten wurde Stilling ganz starr, er fühlte von Scheitel bis unter die Fußsohle eine noch nie empfundene Erschütterung, und auf einmal fuhr ihm ein Strahl durch die Seele wie ein Blitz. Es wurde ihm klar in seinem Gemüt, was jetzt der Wille Gottes sei, und was die Worte der kranken Jungfer bedeuteten. Mit Tränen in den Augen stand er auf, bückte sich ins Bett, und sagte: »Ich weiß es, liebe Jungfer! was sie für einen Eindruck bekommen hat, und was der Wille Gottes ist.« Sie fuhr auf, reckte ihre rechte Hand heraus, und versetzte: »Wissen Sie's?« – Damit schlug Stilling seine rechte Hand in die ihrige, und sprach: »Gott im Himmel segne uns! Wir sind auf ewig verbunden!« – Sie antwortete: »Ja! wir sind's auf ewig!« –

Alsbald kam der Bruder, und brachte den Kaffee, setzte ihn hin, und alle drei tranken zusammen. Die Kranke war ganz ruhig wie vorher; sie war weder freudiger noch trauriger, so als wenn nichts Sonderliches vorgefallen wäre. Stilling aber war wie ein Trunkener, er wußte nicht, ob er gewacht oder geträumt hatte, er konnte sich über diesen unerhörten Vorfall weder besinnen noch nachdenken. Indessen fühlte er doch eine unbeschreiblich zärtliche Neigung in seiner Seelen gegen die teure Kranke, so daß er mit Freuden sein Leben für sie würde aufopfern können, wenn's nötig wäre, und diese reine Flamme war so, ohne angezündet zu werden, wie ein Feuer vom Himmel auf sein Herz gefallen; denn gewiß, seine Verlobte hatte jetzt weder Reize, noch Willen zu reizen, und er war in einer solchen Lage, wo ihm vor dem Gedanken zu heuraten schauderte. Doch wie gesagt: er war betäubt, und konnte über seinen Zustand nicht eher nachdenken, bis des andern Morgens, da er wieder zurück nach Hause reiste. Er nahm vorher zärtlich Abschied von seiner Geliebten, bei welcher Gelegenheit er seine Furcht äußerte, allein sie war ganz getrost bei der Sache, und versetzte: »Gott hat gewiß diese Sache angefangen, Er wird sie auch gewiß vollenden!«

Unterwegens fing nun Stilling an vernünftig über seinen Zustand nachzudenken, die ganze Sache kam ihm entsetzlich vor. Er war überzeugt, daß Herr Spanier, sobald er diesen Schritt erfahren würde, alsofort seinen Beistand von ihm abziehen, und ihn abdanken würde, folglich wär' er dann ohne Brot, und wieder in seine vorige Umstände versetzt. Überdas konnte er sich unmöglich vorstellen, daß Herr Friedenberg mit ihm zufrieden sein würde; denn in solchen Umständen sich mit seiner Tochter zu verloben, wo er für sich selber kein Brot verdienen, geschweige Frau und Kinder ernähren konnte, ja sogar ein großes Kapital nötig hatte, das war eigentlich ein schlechtes Freundschaftsstück, es konnte vielmehr als ein erschrecklicher Mißbrauch derselben angesehen werden. Diese Vorstellungen machten Stillingen herzlich angst, und er fürchtete in noch beschwerlichere Umstände zu geraten, als er jemalen erlebt hatte. Es war ihm als einem der auf einen hohen Felsen am Meer geklettert ist, und, ohne Gefahr zerschmettert zu werden, nicht herabkommen kann, er wagt's und springt ins Meer, ob er sich mit Schwimmen noch retten möchte.

Stilling wußte auch keinen andern Rat mehr; er warf sich mit seinem Mädchen in die Arme der väterlichen Fürsorge Gottes, und nun war er ruhig, er beschloß aber dennoch weder Herrn Spanier noch sonst jemand in der Welt etwas von diesem Vorfall zu sagen.

Herr Friedenberg hatte Stillingen die Erlaubnis gegeben, alle Medikamente in dasige Gegenden nun an ihn zu fernerer Besorgung zu übermachen; deswegen schickte er des folgenden Samstags, welches neun Tage nach seiner Verlobung war, ein Päckchen Medizin, an ihn ab, wobei er einen Brief fügte, der ganz aus seinem Herzen geflossen war, und welcher ziemlich entdeckte, was darinnen vorging: ja was noch mehr war, er schlug sogar ein versiegeltes Schreiben an seine Verlobte darin ein, und alles dieses tat er ohne Überlegung und Nachdenken, was vor Folgen daraus entstehen könnten; als aber das Paket fort war, da überdachte er erst, was daraus werden könnte, ihm schlug das Herz, und er wußte sich fast nicht zu lassen.

Niemals ist ein Weg für ihn sauerer gewesen, als wie er acht Tage hernach des Samstags abends seinen gewöhnlichen Gang nach Rasenheim ging. Je näher er dem Hause kam, je mehr klopfte sein Herz. Nun trat er zur Stubentür hinein. Christine hatte sich in etwas erholet; sie war daselbst mit ihren Eltern und einigen Kindern. Er ging, wie gewöhnlich, mit freudigem Blick auf Friedenberg an, gab ihm die Hand, und dieser empfing ihn mit gewöhnlicher Freundschaft, so auch die Frau Friedenberg, und endlich auch Christine. Stilling ging nun wieder heraus, und hinauf nach seinem Schlafzimmer, um ein und anderes, das er bei sich hatte, abzulegen. Ihm war schon ein Band vom Herzen, denn sein Freund hatte entweder nichts gemerkt, oder er war mit der ganzen Sache zufrieden. Er ging nun wieder herunter, und erwartete, was ferner vorging. Als er unten auf die Treppe kam, so winkte ihm Christine, die gegen der Wohnstube über, in einer Kammertür stand; er ging zu ihr, sie schloß die Kammertür hinter ihm zu, und beide setzten sich nebeneinander. Christine fing nun an:

»Ach! welchen Schrecken hast du mir mit deinen Briefen abgejagt! meine Eltern wissen alles. Hör, ich will dir alles sagen, wie es ergangen ist. Als die Briefe kamen, war ich in der Stube, mein Vater auch, meine Mutter aber war in der Kammer auf dem Bett. Mein Vater brach den Brief auf, er fand noch einen drinnen an mich, er reichte mir denselben mit den Worten: ›Da ist auch ein Brief an dich.‹ Ich wurde rot, nahm ihn an, und las ihn. Mein Vater las den seinigen auch, schüttelte zuweilen den Kopf, stand und bedachte sich, dann las er wieder. Endlich ging er in die Kammer zu meiner Mutter; ich konnte alles verstehn, was gesprochen wurde. Mein Vater las ihr den Brief vor. Als er ausgelesen hatte, so lachte meine Mutter, und sagte: ›Begreifst du auch wohl, was der Brief bedeutet? er hat Absichten auf unsre Tochter.‹ Mein Vater antwortete: ›Das ist nicht möglich, er ist ja nur eine Nacht mit meinem Sohn bei ihr gewesen, dazu ist sie krank, und doch kommt mir auch der Brief bedenklich vor.‹ ›Ja, ja!‹ sagte die Mutter: ›denke nicht anders, es ist so.‹ Nun ging mein Vater hinaus, und sagte nichts mehr. Alsbald rief mich meine Mutter: ›Komm, Christine! lege dich ein wenig bei mich, du bist gewiß des Sitzens müde.‹ Ich ging zu ihr, und legte mich neben sie. ›Hör!‹ fing sie an: ›hat Gevatter Stilling Neigung zu dir?‹ Ich sagte rund aus: ›Ja! das hat er.‹ Sie fuhr fort: ›Ihr seid doch noch nicht versprochen?‹ ›Ja, Mutter!‹ antwortete ich: ›Wir sind auch versprochen‹; und nun mußte ich weinen. ›Gott im Himmel!‹ sagte meine Mutter: ›Wie ist das zugegangen? ihr seid ja nicht zusammen gewesen!‹ Nun erzählte ich ihr umständlich alles, wie es ergangen ist, und sagte ihr die klare Wahrheit. Sie erstaunte darüber, und sagte: ›Du tust einen harten Angang. Stilling muß noch erst studieren, eh' ihr zusammen leben könnt, wie willst du das aushalten? Du bist ohnehin schwächlichen Gemüts und Leibes.‹ Ich antwortete: ›Ich will mich schicken so gut ich kann, der Herr wird mir beistehen! ich muß diesen heuraten; und wenn ihr Eltern mir es verbietet, so will ich euch darinnen gehorchen, aber einen andern werd ich nie nehmen.‹ ›Das wird keine Not haben‹, versetzte meine Mutter. Sobald nun meine beide Eltern wieder allein in der Kammer, und ich in der Stube war, so erzählte sie meinem Vater alles, ebenso wie ich's ihr erzählt hatte. Er schwieg lange, endlich fing er an: ›Das ist mir eine unbeschreibliche Sache, ich kann nichts dazu sagen.‹ So steht die Sache noch, mein Vater hat mir kein Wort gesagt, weder gutes noch böses. Nun ist es aber unsre Pflicht, daß wir noch diesen Abend unsre Eltern fragen, und ihre völlige Einwilligung erhalten. Soeben wie du die Treppe heraufgingst, sagte mein Vater zu mir: ›Geh mit Stilling in die andre Stube allein, du sollst wohl mit ihm zu reden haben.‹«

Stillingen hüpfte das Herz vor Freuden. Er fühlte nun gar wohl, daß seine Sachen einen erwünschten Ausschlag nehmen würden. Er unterredete sich noch ein Stündchen mit seiner Geliebten; sie verbanden sich noch einmal, mit ineinandergeschlossenen Armen, zu einer ewigen Treue, und zu einem rechtschaffenen Wandel vor Gott und Menschen.

Des Abends nach dem Essen, als alles im Hause schlafen war, saßen nur noch Herr und Frau Friedenberg nebst Christinen und Stillingen in der Stuben. Letzterer fing nun an, und erzählte getreu den ganzen Vorfall mit den kleinsten Umständen, und schloß mit diesen Worten: »Nun frag ich Sie aufrichtig: Ob Sie mich von Herzen gern unter die Zahl ihrer Kinder aufnehmen wollen? ich werde alle kindliche Pflichten durch Gottes Gnade treulich erfüllen, und ich protestiere feierlich gegen alle Hülfe und Beistand zu meinem Studieren. Ich begehre nur bloß Ihre Jungfer Tochter: ja ich nehme Gott zum Zeugen, daß mir der Gedanke der fürchterlichste ist, den ich haben kann, wenn ich mir vorstelle, daß Sie wohl denken könnten: ich hätte bei dieser Verbindung eine unedle Absicht gehabt.«

Herr Friedenberg seufzte tief, und ein paar Tränen liefen seine Wangen herunter. »Ja«, sagte er: »Herr Gevatter! ich bin damit zufrieden, und nehme Sie willig zu meinem Sohn an; denn ich sehe, daß Gottes Finger in dieser Sache wirkt. Ich kann nichts dawider einwenden; überdem kenne ich Sie, und weiß wohl, daß Sie zu ehrlich sind, um solche unchristliche Absichten zu haben; das muß ich aber noch hinzufügen, daß ich auch gar nicht imstande dazu bin, Sie studieren zu lassen.« Nun wendete er sich zu Christinen, und sagte: »Getraust du dich aber auch, die lange Abwesenheit deines

Geliebten zu ertragen?« Sie antwortete: »Ja, Gott wird mir Kraft dazu geben!«

Nun stand Herr Friedenberg auf, umarmte Stillingen, küßte ihn und weinte an seinem Halse: nach ihm tat Frau Friedenberg desgleichen. Die Empfindung läßt sich nicht aussprechen, die Stilling dabei fühlte; es war ihm als wenn er in ein Paradies versetzt würde. Wo das Geld zu seinem Studieren herkommen sollte, darum bekümmerte er sich gar nicht. Die Worte: ›Der Herr wird's versehen!‹ waren so tief in seine Seele gegraben, daß er nicht sorgen konnte.

Nun ermahnte ihn Herr Friedenberg, daß er noch dieses Jahr bei Herrn Spanier aushalten, alsdann sich aber folgenden Herbst nach Universitäten begeben möchte. Stillingen war das recht nach seinem Sinn, und ohnehin sein Wille. Endlich beschlossen sie alle zusammen, diese ganze Sache geheimzuhalten, um den schiefen Urteilen der Menschen vorzubeugen, und dann durch eifriges Gebet von allen Seiten den Segen von Gott zu diesem wichtigen Vorhaben zu erbitten.

Stilling setzte nun bei Herrn Spanier seine Bedienung noch immer fort, desgleichen seine gewöhnliche Gänge nach Rasenheim und Schönenthal. Ein Vierteljahr vor Michaelis kündigte er Herrn Spanier sein Vorhaben höflich und freundschaftlich an, und bat ihn, ihm doch diesen Schritt nicht zu verübeln, indem es endlich im dreißigsten Jahr seines Alters einmal Zeit sei, für sich selber zu sorgen. Herr Spanier antwortete zu dem allem nicht ein Wort, sondern schwieg ganz still; aber von dem an war sein Herz von Stilling ganz abgekehrt, so daß ihm das letzte Vierteljahr noch ziemlich sauer wurde, nicht, daß ihm jemand etwas in den Weg legte, sondern weil die Freundschaft und das Zutrauen ganz hin war.

Vier Wochen vor der Frankfurter Herbstmesse nahm also Stilling von seinem bisherigen lieben Patron und dem ganzen Hause Abschied. Herr Spanier weinte blutige Tränen, aber er sagte kein Wort weder gutes noch böses. Stilling weinte auch; und so verließ er seine letzte Schule oder Informationsbedienung, und zog nach Rasenheim zu seinen Freunden, nachdem er sieben ganzer schöner Jahre an einem Ort ruhig verlebt hatte.

Herr Spanier hatte seine wahre Absicht mit Stilling nie entdeckt. So wie sein Plan war, nur dem Titel nach Doktor zu werden, ohne hinlängliche Erkenntnisse zu haben, das war Stillingen unmöglich einzugehen; und entdeckte Spanier den Rest seiner Gedanken nicht ganz, so konnte es ja Stilling auch nicht wissen, und noch viel weniger sich darauf verlassen. Über das alles führte ihn die Vorsehung gleichsam mit Macht und Kraft, ohne sein Mitwirken, so daß er folgen mußte, wenn er auch etwas anders vor sich beschlossen gehabt hätte. Was aber noch das Schlimmste für Stillingen war: er hatte nie einen bestimmten Jahrlohn mit Herrn Spanier gemacht; dieser rechtschaffene Mann gab ihm reichlich, was er bedurfte. Nun hatte er sich aber schon Bücher und andre Notwendigkeiten angeschafft, so daß er, wenn er alles rechnete, ein Ziemliches jährlich empfangen hatte, deswegen gab ihm nun Spanier beim Abschied nichts, so daß er ohne Geld bei Friedenberg zu Rasenheim ankam. Dieser zahlte ihm aber alsofort hundert Reichstaler aus, um sich das Nötigste zu seiner Reise dafür anzuschaffen, und das übrige mitzunehmen. Seine christlichen Freunde zu Schönenthal aber beschenkten ihn mit einem schönen Kleid, und erboten sich zu fernerm Beistand.

Stilling hielt sich nun noch vier Wochen bei seiner Verlobten und den Ihrigen auf; während dieser Zeit rüstete er sich aus, nach der hohen Schule zu ziehen. Er hatte sich noch keinen Ort erwählt, wohin, sondern er erwartete einen Wink vom himmlischen Vater; denn weil er aus purem Glauben studieren wollte, so durfte er auch in nichts seinem eigenen Willen folgen.

Nach drei Wochen ging er noch einmal nach Schönenthal, um seine Freunde daselbst zu besuchen. Als er daselbst ankam, fragte ihn eine sehr teure und liebe Freundin: Wohin er zu ziehen willens wäre? Er antwortete: Er wüßte es nicht. »Ei!« sagte sie: »unser Herr Nachbar Troost reist nach Straßburg, um daselbst einen Winter zu bleiben, reisen Sie mit demselben!« Dieses fiel Stilling aufs Herz; er fühlte, daß dieses der Wink sei, den er erwartet hatte. Indem trat gemeldter Herr Troost in die Stube herein. Alsofort fing die Freundin gegen ihn an, von Stillingen zu reden. Der liebe Mann freuete sich von Herzen über seine Gesellschaft, denn er hatte schon ein und anderes von ihm gehört.

Herr Troost war zu der Zeit ein Mann von vierzig Jahren, und noch unverheuratet. Schon zwanzig Jahr' war er mit vielen Ruhm Chirurgus in Schönenthal gewesen; allein er war jetzt mit seinen Kenntnissen nicht mehr zufrieden, sondern er wollte noch einmal zu Straßburg die Anatomie durchstudieren, und andre chirurgische Kollegia hören, um mit neuer Kraft ausgerüstet wiederzukommen, und seinem Nächsten desto nützlicher dienen zu können. In seiner Jugend hatte er schon einige Jahre auf dieser berühmten hohen Schule zugebracht, und den Grund zu seiner Wissenschaft gelegt.

Dieser war nun der rechte Mann für Stillingen. Er hatte das edelste und beste Herz von der Welt, das aus lauter Menschenliebe und Freundschaft zusammengesetzt war; dazu hatte er einen vortrefflichen Charakter, viel Religion und daraus fließende Tugenden. Er kannte die Welt und Straßburg; und gewiß, es war ein recht väterlicher Zug der Vorsehung, daß Stilling just jetzt mit ihm bekannt wurde. Er machte deswegen alsbald Freundschaft mit Herrn Troost. Sie beschlossen, mit den Meßkaufleuten nach Frankfurt, und von da mit einer Retourkutsche nach Straßburg zu fahren; sie bestimmten nun auch den Tag ihrer Abreise, der nach acht Tagen festgesetzt wurde.

Stilling hatte schon vorlängst seinem Vater und Oheim im salenschen Lande seine fernere wunderbare Führung bekanntgemacht; diese entsetzten sich, erstaunten, fürchteten, hofften, und gestunden: daß sie ihn ganz an Gott überlassen müßten, und daß sie bloß von ferne stehen, und seinen Flug über alle Berge hin mit Furcht und Zittern ansehen könnten, indessen wünschten sie ihm allen erdenklichen Segen.

Stillings Lage war jetzt in aller Absicht erschrecklich. Ein jeder Vernünftiger setze sich in Gedanken einmal an seine Stelle und empfinde! – Er hatte sich mit einem zärtlichen frommen empfindsamen, aber dabei kränklichen Mädchen verlobt, die er mehr als seine eigene Seele liebte, und diese wurde von allen Ärzten verzehrend erklärt, so daß er sehr fürchten mußte, sie bei seinem Abschied zum letztenmal zu sehen. Dazu fühlte er alle die schwere Leiden, die ihr zärtlich liebendes Herz während einer so langen Zeit würde ertragen müssen. Sein ganzes künftiges Glück beruhte nun bloß darauf, ein rechtschaffener Arzt zu werden; und dazu gehörten zum wenigsten tausend Reichstaler, wozu keine hundert für ihn in der ganzen Welt zu finden waren; folglich sah es auch in diesem Fall mißlich mit ihm aus, fehlte es ihm hie, so fehlte ihm alles.

Und dennoch ob sich Stilling gleich alles sehr lebhaft vorstellte, so setzte er doch sein Vertrauen fest auf Gott, und machte diesen Schluß:

»Gott fängt nichts an, oder er führt es auch herrlich aus. Nun ist es aber ewig wahr, daß er meine gegenwärtige Lage ganz und allein, ohne mein Zutun, so geordnet hat.

Folglich: ist es auch ewig wahr, daß er alles mit mir herrlich ausführen werde.«

Dieser Schluß machte ihn öfters so mutig, daß er lächelnd gegen seine Freunde zu Rasenheim sagte: »Mich soll doch verlangen, wo mein Vater im Himmel Geld für mich zusammentreiben wird!« Indessen entdeckte er keinem einigen Menschen weiter seine eigentlichen Umstände, besonders Herrn Troost nicht, denn dieser zärtliche Freund würde groß Bedenken getragen haben, ihn mitzunehmen; oder er würde wenigstens doch herzliche Sorge für ihn ausgestanden haben.

Endlich rückte der Tag der Abreise heran, und Christine schwamm in Tränen und wurde zuweilen ohnmächtig, und das ganze Haus trauerte.

Am letzten Abend saßen Herr Friedenberg und Stilling allein zusammen. Ersterer konnte sich des Weinens nicht enthalten; mit Tränen sagte er zu Stillingen: »Lieber Sohn! das Herz ist mir sehr schwer um Euch, wie gern wollt' ich Euch mit Geld versehen, wenn ich nur könnte, ich hab meine Handlung und Fabrik mit nichts angefangen, nunmehr bin ich eben so weit, daß ich mir helfen kann; wenn ich Euch aber wollte studieren lassen, so würde ich mich ganz zurücksetzen. Und dazu hab ich zehn Kinder, was ich dem ersten tue, das bin ich hernach allen schuldig.«

»Hören Sie, Herr Schwiegervater!« antwortete Stilling mit frohem Mut, und fröhlichem Gesicht: »ich begehre keinen Heller von Ihnen, glauben Sie nur gewiß: derjenige, der in der Wüsten soviel tausend Menschen mit wenig Brot sättigen konnte, der lebt noch, dem übergebe ich mich. Er wird gewiß Rat schaffen. Sorgen sie nur nicht, ›der Herr wird's versehen‹.«

Nun hatte er seine Bücher, Kleider und Geräte voraus auf Frankfurt geschickt; und des andern Morgens, nachdem er mit seinen Freunden gefrühstückt hatte, lief er hinauf nach der Kammer seiner Christinen; sie saß und weinte. Er ergriff sie in seine Arme, küßte sie und sagte: »Lebe wohl, mein Engel! Der Herr stärke und erhalte dich im Segen und Wohlergehn, bis wir uns wiedersehen!« – und so lief er zur Tür hinaus. Nun letzte er sich mit einem jeden, lief fort, und weinte sich unterweges satt. Der ältere Bruder seiner Geliebten begleitete ihn bis Schönenthal. Nun kehrte auch dieser traurig um, und Stilling begab sich zu seinen Reisegefährten.

Ich will mich mit der Reisegeschichte nach Frankfurt weiter nicht aufhalten. Sie kamen alle glücklich daselbst an, außer daß sie in der Gegend von Ellefeld auf dem Rhein einen heftigen Schreck ausgestanden hatten.

Vierzig Reichstaler war Stillings ganze Habseligkeit gewesen, wie er von Rasenheim weggereist war. Nun mußten sie sich eilf Tage in Frankfurt aufhalten, und auf Gelegenheit warten, besonders auch weil Herr Troost nicht eher fortkommen konnte; daher schmolz sein Geld so zusammen, daß er zween Tage vor seiner Abreise nach

Straßburg noch einen einzelnen Reichstaler hatte, und dieses war sein Vorrat, den er in der Welt wußte. Er entdeckte niemand etwas, sondern wartete auf den Wink des himmlischen Vaters. Doch fand er bei allem seinem Mut nirgends recht Ruhe, er spazierte umher, und betete innerlich zu Gott; indessen geriet er auf den Römerberg, daselbst begegnete ihm ein Schönenthaler Kaufmann, der ihn wohl kannte, und auch sein Freund war; diesen will ich Liebmann nennen.

Herr Liebmann also grüßte ihn freundlich, und fragte: wie's ihm ginge? Er antwortete: »Recht gut!« »Das freut mich«, versetzte jener: »Kommen Sie diesen Abend auf mein Zimmer, und speisen Sie mit mir, was ich habe!« Stilling versprach das. Nun zeigte ihm Herr Liebmann, wo er logierte.

Des Abends ging er an den bestimmten Ort. Nach dem Essen fing Herr Liebmann an: »Sagen Sie mir doch, mein Freund! wo bekommen Sie Geld her zum Studieren?« Stilling lächelte, und antwortete: »Ich hab einen reichen Vater im Himmel, der wird mich versorgen.« Herr Liebmann sah ihn an, und erwiderte: »Wieviel haben Sie noch?« Stilling versetzte: »Einen Reichstaler, – und das ist alles!« »So!« fuhr Liebmann fort: »ich bin einer von Ihres Vaters Rentmeistern, ich werde also jetzt einmal den Beutel ziehen.« Damit zählte er Stillingen dreiunddreißig Reichstaler hin, und sagte: »Mehr kann ich anjetzo nicht missen. Sie werden überall Hülfe finden. Können Sie mir das Geld dermaleinst wiedergeben, gut! wo nicht, auch gut!« – Stilling fühlte heiße Tränen in seinen Augen. Er dankte herzlich für diese Liebe, und versetzte: »Das ist reichlich genug, ich wünsche nicht mehr zu haben.« Diese erste Probe machte ihn so mutig, daß er gar nicht mehr zweifelte, Gott würde ihm gewiß durch alles durchhelfen. Er erhielt auch Briefe von Rasenheim von Herrn Friedenberg und von Christinen. Diese hatte Mut gefaßt, und standhaft beschlossen, geduldig auszuharren. Friedenberg aber schrieb ihm in den allerzärtlichsten Ausdrücken, und empfahl ihn der väterlichen Fürsorge Gottes. Er beantwortete gleichfalls beide Briefe mit aller möglichen Zärtlichkeit und Liebe. Von seiner ersten Glaubensprobe aber meldete er nichts, sondern schrieb nur, daß er Überfluß habe.

Nach zween Tagen fand Herr Troost eine Retourkutsche nach Mannheim, welche er für sich und Stilling, nebst noch einem redlichen Kaufmann von Luzern aus der Schweiz, mietete. Nun nahmen sie wiederum von allen Bekannten und Freunden Abschied, setzten sich ein und reisten im Namen Gottes weiter.

Um sich nun untereinander die Zeit zu kürzen, erzählte ein jeder, was er wußte. Der Schweizer wurde so vertraulich, daß er unsern beiden Reisenden sein ganzes Herz entdeckte. Stilling wurde dadurch gerührt, und er erzählte seine ganze Lebensgeschichte mit allen Umständen, so daß der Schweizer oft die milden Tränen fallen ließ. Herr Troost selber hatte sie auch noch nie gehört, er wurde auch sehr gerührt, und seine Liebe zu Stillingen wurde desto größer.

Zu Mannheim nahmen sie wieder eine Retourkutsche bis auf Straßburg. Als sie zwischen Speyer und Lauterburg in den großen Wald kamen, stieg Stilling aus. Er war des Fahrens nicht gewohnt, und konnte das Wiegen der Kutsche, besonders in Sandwegen, nicht wohl ausstehen. Der Schweizer stieg auch aus, Herr Troost aber blieb im Wagen. Als nun die beiden Reisegefährten so zusammen zu Fuß gingen, sprach ihn der Schweizer an: ob er ihm nicht das Manuskript von Molitor, weil er es doch doppelt habe, gegen fünf französische neue Louisdor überlassen wollte? Stilling sah dieses wiederum als einen Wink von Gott an, und daher versprach er's ihm.

Sie stiegen endlich wiederum in die Kutsche. Unter allerhand Gesprächen kam Herr Troost recht zur Unzeit an gemeldetes Manuskript. Er glaubte, wenn Stilling einmal studiert haben würde, so würde er wenig mehr aus dergleichen Sächelchen, Geheimnissen und Salbereien machen, weil doch niemalen etwas Rechts daran sei. Hiemit waren nun dem Schweizer seine fünf Louisdor wieder lieber, als das Papier. Hätte Herr Troost gewußt, was zwischen beiden vorgefallen war, so möchte er wohl geschwiegen haben.

Indessen kamen nun unsre Reisende gesund und wohl zu Straßburg an, und logierten sich bei Herrn Ratmann Blesig in der Äxt ein, Stilling sowohl als sein Freund schrieben alsofort nach Haus, und meldeten ihre glückliche Ankunft, ein jeder am gehörigen Ort.

Stilling hatte nun keine Ruhe mehr, bis er das herrliche Münster rundum von innen und außen gesehen hatte. Er ergötzte sieh dergestalt, daß er öffentlich sagte: »Das allein ist der Reise wert, gut! daß es ein Teutscher gebaut hat.« Des andern Tages ließen sie sich immatrikulieren, und Herr Troost, der daselbst bekannt war, suchte ein bequemes Zimmer für sie beide. Dieses fand er auch nach Wunsch, denn am bequemsten Ort für sie wohnte ein vornehmer reicher Kaufmann, namens R... der einen Bruder in Schönenthal gehabt hatte, und daher Liebe für Herrn Troost und seinen Gefährten bezeigte. Dieser verpachtete ihnen ein herrliches tapeziertes Zimmer, unten im ersten Stock, für einen mäßigen Preis; sie zogen daselbst ein.

Nun suchte Herr Troost ein gutes Speisequartier, und dieses fand er gleichfalls ganz nahe, wo eine vortreffliche Tischgesellschaft war. Hier verakkordierte er sich nebst Stilling auf den Monat. Dieser aber erkundigte sich indessen nach den Lehrstunden, und nahm deren so viel an, als nur gehalten wurden. Die Naturlehre, die Scheidekunst und die Zergliederung waren seine Hauptstücke, die er alsofort vornahm.

Des andern Mittags gingen sie zum erstenmal ins Kosthaus zu Tische. Sie waren zuerst da, man wies ihnen ihren Ort an. Es speiseten
ungefähr zwanzig Personen an diesem Tisch, und sie sahen einen
nach dem andern hereintreten. Besonders kam einer mit großen
hellen Augen, prachtvoller Stirn, und schönem Wuchs, mutig ins
Zimmer. Dieser zog Herrn Troosts und Stillings Augen auf sich;
ersterer sagte gegen letztern: »Das muß ein vortrefflicher Mann
sein.« Stilling bejahte das, doch glaubte er, daß sie beide viel Ver-
druß von ihm haben würden, weil er ihn für einen wilden Kameraden ansah. Dieses schloß er aus dem freien Wesen, das sich der
Student ausnahm; allein Stilling irrte sehr. Sie wurden indessen
gewahr, daß man diesen ausgezeichneten Menschen ›Herr Goethe‹
nannte.

Nun fanden sich noch zween Mediziner, einer aus Wien, der andere ein Elsasser. Der erstere hieß Waldberg. Er zeigte in seinem
ganzen Wesen ein Genie, aber zugleich ein Herz voller Spott gegen
die Religion, und voller Ausgelassenheit in seinen Sitten. Der Elsasser hieß Melzer, und war ein feines Männchen, er hatte eine gute
Seele, nur schade! daß er etwas reizbar und mißtrauisch war. Dieser
hatte seinen Sitz neben Stilling, und war bald Herzensfreund mit
ihm. Nun kam auch ein Theologe, der hieß Leose, einer von den
vortrefflichsten Menschen, Goethens Liebling, und das verdiente er
auch mit Recht, denn er war nicht nur ein edles Genie, und ein guter Theologe, sondern er hatte auch die seltene Gabe, mit trockner
Miene die treffendste Satire in Gegenwart des Lasters hinzuwerfen.
Seine Laune war überaus edel. Noch einer fand sich ein, der sich
neben Goethe hinsetzte, von diesem will ich nichts mehr sagen, als
daß er – ein guter Rabe mit Pfauenfedern war.

Noch ein vortrefflicher Straßburger saß da zu Tische. Sein Ort
war der oberste, und wär' es auch hinter der Tür gewesen. Seine
Bescheidenheit erlaubt nicht, ihm eine Lobrede zu halten: es war
der Herr Aktuarius Salzmann. Meine Leser mögen sich den gründ-
lichsten und empfindsamsten Philosophen, mit dem echtesten
Christentum verpaart, denken, so denken sie sich einen Salzmann.
Goethe und er waren Herzensfreunde.

Herr Troost sagte leise zu Stilling: »Hier ist's am besten, daß man
vierzehn Tage schweigt.« Letzterer erkannte diese Wahrheit, sie

schwiegen also, und es kehrte sich auch niemand sonderlich an sie, außer daß Goethe zuweilen seine Augen herüberwälzte; er saß gegen Stilling über, und er hatte die Regierung am Tisch, ohne daß er sie suchte.

Herr Troost war Stillingen sehr nützlich, er kannte die Welt besser und daher konnte er ihn sicher durchführen: Ohne ihn würde Stilling hundertmal angestoßen haben. So gütig war der himmlische Vater gegen ihn. Er versorgte ihn sogar mit einem Hofmeister, der ihm nicht allein mit Rat und Tat beistehen, sondern auch von dem er Anleitung und Fingerzeig in seinen Studien haben konnte. Denn gewiß Herr Troost war ein geschickter und erfahrner Wundarzt.

Nun hatte sich Stilling völlig eingerichtet; er lief seinen Lauf heldenmütig fort; er war jetzt in seinem Element; er verschlang alles, was er hörte, schrieb aber weder Kollegia noch sonst etwas ab, sondern trug alles zusammen in allgemeine Begriffe über. Selig ist der Mann, der diese Methode wohl zu üben weiß! aber es ist nicht einem jeden gegeben. Seine beiden Professoren, die berühmten Herren Spielmann und Lobstein, bemerkten ihn bald, und gewannen ihn lieb, besonders auch darum, weil er sich ernst, männlich, und eingezogen aufführte.

Allein seine 33 Reichstaler waren nun wieder auf einen einzigen heruntergeschmolzen, deswegen begann er wiederum herzlich zu beten. Gott erhörte ihn, und just in dieser Zeit der Not fing Herr Troost einmal des Morgens gegen ihn an, und sagte: »Sie haben, glaub ich, kein Geld mitgebracht; ich will Ihnen sechs Karlinen leihen, bis Sie Wechsel bekommen werden.« Obgleich Stilling sowenig von Wechsel als von Geld wußte, so nahm er doch dieses freundschaftliche Erbieten an, und Herr Troost zahlte ihm sechs neue Louisdor aus. Wer war es nun, der das Herz dieses Freundes just weckte, als es not war!!!

Herr Troost war nett und nach der Mode gekleidet; Stilling auch so ziemlich. Er hatte einen schwarzbraunen Rock mit manchesternen Unterkleidern, nur war ihm noch eine runde Perücke übrig, die er zwischen seinen Beutelperücken doch auch gern verbrauchen wollte. Diese hatte er einsmalen aufgesetzt, und kam damit an den Tisch. Niemand störte sich daran, als nur Herr Waldberg von Wien. Dieser sah ihn an; und da er schon vernommen hatte, daß Stilling sehr für die Religion eingenommen war, so fing er an und fragte ihn: Ob wohl Adam im Paradies eine runde Perücke möchte getragen haben? Alle lachten herzlich bis auf Salzmann, Goethe und Troost; diese lachten nicht. Stillingen fuhr der Zorn durch alle Glieder, und antwortete darauf: »Schämen Sie sich dieses Spotts. Ein solcher alltäglicher Einfall ist nicht wert, daß er belacht werde!« – Goethe aber fiel ein, und versetzte: »Probier erst einen Menschen, ob er des Spotts wert sei? Es ist teufelmäßig, einen rechtschaffenen Mann, der keinen beleidiget hat, zum besten zu haben!« Von dieser Zeit nahm sich Herr Goethe Stillings an, besuchte ihn, gewann ihn lieb, machte Brüderschaft und Freundschaft mit ihm, und bemühte sich bei allen Gelegenheiten, Stillingen Liebe zu erzeigen. Schade, daß so wenige diesen vortrefflichen Menschen seinem Herzen nach kennen!

Nach Martini wurde das Kollegium der Geburtshülfe angeschlagen, und die Lernbegierigen dazu eingeladen. Stillingen war dieses ein Hauptstück, deswegen fand er sich des Montags abends mit andern ein, um zu unterschreiben. Er dachte nicht anders, als daß dieses Kollegium ebenso wie die andern erst nach Endigung desselben bezahlt würde; allein wie erschrak er, als der Doktor ankündigte: daß sich die Herren möchten gefallen lassen, künftigen Donnerstag abend sechs neue Louisdor fürs Kollegium zu bezahlen! Hier war also eine Ausnahme, und die hatte auch ihre gegründete Ursachen. Wenn nun Stilling den Donnerstag nicht bezahlte, so wurde sein Name ausgestrichen. Dieses war schimpflich, und schwächte den Kredit, der doch Stillingen absolut nötig war. Jetzt war also guter Rat teuer. Herr Troost hatte schon sechs Karlinen vorgeschossen, und noch war kein Anschein da, sie wiedergeben zu können.

Sobald als Stilling in sein Zimmer kam und dasselbe leer fand, (denn Herr Troost war in ein Kollegium gegangen,) so schloß er die Tür hinter sich zu, warf sich in einen Winkel nieder, und rang recht mit Gott um Hülfe und Erbarmen; indessen äußerte sich nichts Tröstliches für ihn, bis den Donnerstag abend. Es war schon fünf Uhr, und um sechs war die Zeit, da er das Geld haben mußte. Stilling begonnte fast im Glauben zu wanken; der Angstschweiß brach ihm aus, und sein ganzes Gesicht war naß von Tränen. Er fühlte weder Mut noch Glauben mehr, und deswegen sah er von ferne in eine Zukunft, die der Hölle mit allen ihren Qualen ähnlich war.

Indem er mit solchen traurigen Gedanken in dem Zimmer auf und ab ging, klopfte jemand an die Tür. Er rief: »Herein!« Es war der Patron des Hauses, der Herr R... Dieser trat ins Zimmer, und nach den gewöhnlichen Komplimenten fing er an: »Ich komme, um zu sehen, wie Sie sich befinden, und ob Sie mit meinem Zimmer zufrieden sind.« (Herr Troost war wiederum nicht da, und der wußte auch von Stillings jetzigen Kampf gar nichts.) Stilling antwortete: »Es macht mir viel Ehre, daß Sie sich nach meinem Befinden zu erkundigen belieben. Ich bin Gott Lob! gesund, und Dero Zimmer ist nach unser beider höchstem Wunsch.«

Herr R... versetzte: »Das macht mir Freude, besonders da ich sehe, daß Sie so sittsame wackere Leute sind. Aber ich wollte doch vornehmlich nach eins fragen: Haben Sie Geld mitgebracht, oder bekommen Sie Wechsel? –« Nun ward's Stillingen als dem Habakuk, wie ihn der Engel des Herrn beim Schopf nahm, um ihn nach Babel zu führen. Er antwortete: »Nein, ich habe kein Geld mitgebracht.«

Herr R... stand, sah ihn starr an und versetzte: »Wie kommen Sie denn doch um Gottes willen zurecht?«

Stilling antwortete: »Herr Troost hat mir schon geliehen.« »Hören Sie«, fuhr Herr K... fort: »der hat sein Geld selber nötig. Ich will Ihnen Geld vorschießen, soviel Sie brauchen; wenn Sie dann Wechsel bekommen, so geben Sie mir nur selbigen, auf daß Sie keine Unruhe mit dem Verkauf haben mögen. Brauchen Sie auch wohl jetzt etwas Geld?« Stilling konnte sich kaum enthalten, daß er nicht laut rief, doch hielt er an sich und ließ sich nichts merken. »Ja!« sagte er, »ich habe diesen Abend sechs Louisdor nötig, und ich war verlegen.«

Herr R... entsetzte sich, und erwiderte: »Ja, das glaub ich! Nun seh ich: Gott hat mich zu Ihrer Hülfe hergesandt.« Nun ging er zur Tür hinaus.

Stilling war's nun wie dem Daniel im Löwengraben, da ihm Habakuk die Speise brachte; er versank ganz von Empfindung, und wurde kaum gewahr, daß Herr R... wieder hereintrat. Dieser vortreffliche Mann brachte acht Louisdor, zählte sie ihm dar, und sagte: »Da haben Sie noch etwas übrig, und wenn das all ist, so fordern Sie mehr.«

Stilling durfte seinen herzlichen Dank nicht ganz auslassen, um sich nicht allzusehr bloßzugeben. Nun empfahl sich der edle Mann, und ging fort.

In dem Kreis, worinnen sich Stilling jetzt befand, hatte er täglich Versuchungen genug, ein Religionszweifler zu werden. Er hörte alle Tage neue Gründe gegen die Bibel, gegen Christentum, und gegen die Grundsätze der christlichen Religion. Alle seine Beweise, die er jemals gesammlet, und die ihn immer beruhiget hatten, waren nicht hinlänglich mehr, seine strenge Vernunft zu beruhigen; bloß diese Glaubensproben, deren er in seiner Führung soviel erfahren, machten ihn ganz unüberwindlich. Er schloß also:

Derjenige, der augenscheinlich das Gebet der Menschen erhört, und ihre Schicksale wunderbarerweise und sichtbarlich lenkt, muß unstreitig wahrer Gott, und seine Lehre Gottes Wort sein.

Nun hab ich aber von jeher Jesum Christum als meinen Gott und Heiland verehrt und ihn gebeten. Er hat mich in meinen Nöten erhört, und mir wunderbar beigestanden, und mir geholfen.

Folglich ist Jesus Christus unstreitig wahrer Gott, seine Lehre ist Gottes Wort, und seine Religion, so wie er sie gestiftet hat, die wahre.

Dieser Schluß galt ihm zwar bei andern nichts, aber für ihn selbst war er vollkommen hinreißend, ihn vor allem Zweifel zu schützen.

Sobald Herr R... fort war, fiel Stilling zur Erde nieder, dankte Gott mit Tränen, und warf sich aufs neue in seine väterliche Arme; darauf ging er ins Kollegium, und bezahlte so gut als der Reichste.

Indem daß dieses zu Straßburg vorging, besuchte einsmals Herr Liebmann von Schönenthal Herrn Friedenberg zu Rasenheim, denn sie waren sehr gute Freunde. Liebmann wußte von Stillings Verbindung mit Christinen nichts, doch wußte er wohl, daß Friedenberg sein Herzensfreund war.

Als sie so zusammensaßen, so fiel auch das Gespräch auf ihren Freund zu Straßburg. Liebmann wußte nicht genug zu erzählen: wie Herr Troost in seinen Briefen Stillings Fleiß, Genie, und guten Fortgang im Studieren rühmte. Friedenberg und seine Leute, besonders Christine, fühlten Wonne dabei in ihren Herzen. Liebmann konnte nicht begreifen, woher er Geld bekäme? Friedenberg auch nicht. »Ei«, fuhr Liebmann fort: »ich wollte, daß ein Freund mit mir anstünde, wir wollten ihm einmal einen tüchtigen Wechsel schicken.«

Herr Friedenberg merkte diesen Zug der Vorsehung; er konnte sich kaum des Weinens enthalten. Christine aber lief hinauf auf ihr Zimmer, legte sich vor Gott nieder, und betete. Friedenberg versetzte: »Ei, so will ich mit anstehen!«. Liebmann freuete sich, und sagte: »Wohlan! so zahlen Sie hundertundfunfzig Reichstaler, ich will auch soviel herbeischaffen, und den Wechsel an ihn abschicken.« Friedenberg tat das gerne.

Vierzehn Tage nach der schweren Glaubensprobe, die Stilling ausgestanden hatte, bekam er ganz unvermutet einen Brief von Herrn Liebmann, nebst einem Wechsel von dreihundert Reichstalern. Er lachte hart, stellte sich gegen das Fenster, sah mit freudigem Blick gen Himmel, und sagte»Das war Dir nur möglich, Du allmächtiger Vater!«

Mein ganzes Leben sei Gesang!
Mein Wandel wandelnd Lied der Harfe!

Nun bezahlte er Herrn Troost, Herrn R. und was er sonst schuldig war, und behielt noch genug übrig, den ganzen Winter auszukommen. Seine Lebensart zu Straßburg war auffallend, so daß die ganze Universität von ihm zu sagen wußte. Die Philosophie war eigentlich von jeher diejenige Wissenschaft gewesen, wozu sein Geist die mehreste Neigung hatte. Um sich nun noch mehr darinnen zu üben, beschloß er, des Abends von 5 bis 6 Uhr, welche Stunde ihm übrig war, ein öffentliches Kollegium in seinem Zimmer darüber zu lesen. Denn weil er eine gute natürliche Gabe der Beredsamkeit hatte, so entschloß er sich um desto lieber dazu, teils um die Philosophie zu wiederholen, und sich ferner darinnen zu üben, teils aber auch, um eine Geschicklichkeit zu erlangen, öffentlich zu reden. Da er sich nun nichts dafür bezahlen ließ, und dieses Kollegium als eine Repetition angesehen wurde, so ging's ihm durch, ohne daß jemand etwas dagegen zu sagen hatte. Er bekam Zuhörer in Menge, und durch diese Gelegenheit viele Bekannte und Freunde.

Seine eigene Kollegia versäumte er nie. Er präparierte auf der Anatomie selbsten mit Lust und Freude, und was er präpariert hatte, das demonstrierte er auch öffentlich, so daß Professoren und Studenten sich sehr über ihn verwunderten. Herr Professor Lobstein, der dieses Fach mit bekanntem größten Ruhm verwaltet, gewann ihn sehr lieb, und wendete allen Fleiß an, um ihm diese Wissenschaft gründlich beizubringen. Auch besuchte er schon diesen Winter mit Herrn Professor Ehrmann die Kranken im Hospital. Er bemerkte da die Krankheiten, und auf der Anatomie ihre Ursachen. Mit *einem* Wort: er wendete in allen Disziplinen der Arzeneiwissenschaft alles mögliche an, um Gründlichkeit zu erlangen.

Herr Goethe gab ihm in Ansehung der schönen Wissenschaften einen andern Schwung. Er machte ihn mit Ossian, Shakespeare, Fielding und Sterne bekannt; und so geriet Stilling aus der Natur ohne Umwege wieder in die Natur. Es war auch eine Gesellschaft junger Leute zu Straßburg, die sich die Gesellschaft der schönen Wissenschaften nannte, dazu wurde er eingeladen, und zum Mitglied angenommen; auch hier lernte er die schönsten Bücher, und den jetzigen Zustand der schönen Literatur in der Welt kennen.

Diesen Winter kam Herr Herder nach Straßburg. Stilling wurde durch Goethe und Troost mit ihm bekannt. Niemalen hat er in seinem Leben mehr einen Menschen bewundert, als diesen Mann. »Herder hat nur einen Gedanken, und dieser ist eine ganze Welt.« Dieser machte Stilling einen Umriß von allem in einem, ich kann's nicht anders nennen; und wenn jemals ein Geist einen Stoß bekommen hat zu einer ewigen Bewegung, so bekam ihn Stilling von Herdern, und das darum, weil er mit diesem herrlichen Genie, in Ansehung des Naturells, mehr harmonierte als mit Goethe.

Das Frühjahr rückte heran, und Herr Troost rüstete sich wiederum zur Abreise. Stilling fühlte zwar diese Trennung von einem so teuren Manne recht tief, allein er hatte doch nunmehr die schönste Bekanntschaft in Straßburg, und dazu hoffte er über ein Jahr wieder bei ihm zu sein. Er gab ihm Briefe mit; und da er ihm seine Verlobung entdeckt hatte, so empfahl er ihm mit erster Gelegenheit nach Rasenheim zu gehen, und den Seinigen alle seine Umstände mündlich zu erzählen.

So verreiste dieser ehrliche Mann im April wieder in die Niederlande, nachdem er noch einmal seine nötigsten Wissenschaften mit größtem Fleiß wiederholt hatte. Stilling aber setzte seine Studien wacker fort.

Zehn Tage vor Pfingsten ging Stilling in die Komödie, um ein gewisses Stück zu sehen, das man ihm sehr gerühmt hatte. Es war »Romeo und Julie«, so wie es Weiße dem teutschen Theater bequem gemacht hat. Er kannte das Shakespearische Original, daher wollte er gern sehen, wie dieses Stück von der im Tragischen so berühmten Madam Abt, welche die Hauptrolle spielte, ausgeführt würde.

Auf dem Parterre überfiel ihm ein sehr trauriges Gefühl, ohne zu wissen, wo es herkam. Er hatte die schönsten Briefe von den Seinigen, sowohl aus dem salenschen Lande, als auch von Rasenheim. Er ging nach Hause, und besann sich, wo das wohl herrühren möchte. Doch es verschwand wieder, Stilling bekümmerte sich also nicht weiter darum.

Des Dienstags vor Pfingsten hatte der Sohn eines Professors Hochzeit, deswegen waren keine Kollegia. Stilling beschloß also, diesen Tag in seinem Zimmer zu bleiben, und für sich zu arbeiten. Um neun Uhr überfiel ihn ein plötzlicher Schrecken, das Herz klopfte wie ein Hammer, und er wußte nicht, wie ihm geschah. Er stand auf, ging im Zimmer auf und ab, und nun fühlte er einen unwiderstehlichen Trieb nach Hause zu reisen. Er erschrak über diesen Zufall, und überdachte den Schaden, der ihm sowohl in Ansehung seines Geldes, als auch seines Studierens, dadurch zuwachsen könnte. Er glaubte endlich, daß es eine hypochondrische Grille sei, suchte sich's deswegen mit Gewalt aus dem Sinn zu schlagen, und setzte sich also wieder hin an seine Geschäfte. Allein die Unruhe ward so groß, daß er wieder aufstehen mußte. Nun wurde er recht betrübt; es war etwas in ihm, das ihn mit Gewalt andrunge, nach Hause zu reisen.

Stilling wußte hier weder Rat noch Trost. Er stellte sich vor, was man von ihm denken könnte, wenn er so auf Geradewohl funfzig Meilen weit reisen, und vielleicht zu Hause alles im besten Wohlstand antreffen würde. Da aber die Beängstigung und der Trieb gar nicht nachlassen wollte, so gab er sich ans Beten, und flehte zu Gott, wenn es ja sein Wille sei, daß er nach Hause reisen müßte, so möchte er ihm doch sichere Gewißheit geben: warum? Indem er so bei sich seufzte, trat der Comptoirbediente des Herrn R... herein ins Zimmer, und brachte ihm folgenden Brief:

Rasenheim, den 9. Mai 1771.

Herzlichgeliebter Schwiegersohn!

Ich zweifle nicht, Sie werden die Briefe von meiner Frauen, Sohn und Herrn Troost wohl erhalten haben. Sie werden nicht erschrecken, wenn ich Ihnen melde: daß Ihre liebe Braut ziemlich krank ist. Diese Krankheit hat seit zwei Tagen wieder so heftig zugesetzt, daß sie jetzt recht – ja recht schwach ist. Mein Herz ist darüber so zerschmolzen, daß mir tausend Tränen die Wangen heruntergeflossen sind. Doch ich mag hievon nicht viel schreiben, ich möchte zu viel tun, ich bete und seufze für das liebe Kind recht herzlich, und auch für uns, damit wir uns kindlich seinen heiligen Willen überlassen mögen. O der ewige Erbarmer wolle sich unser aller aus Gnaden annehmen! So hat nun Ihre liebe Braut gerne, daß ich Ihnen dieses schreibe, denn sie ist so schwach, daß sie gar nicht viel sprechen kann – ich muß mit dem Schreiben ein wenig einhalten, der allmächtige Gott wolle mir doch ins Herz legen, was ich schreiben soll! – ich fahre in Gottes Namen fort, und muß Ihnen melden, daß Ihre Braut menschlichem Ansehen nach – halten Sie sich fest, teuerster Sohn! – nicht manchen Tag mehr hier zubringen wird, so wird sie in die ewige Ruhe übergehen; doch ich schreibe, wie wir Menschen es ansehen. Nun mein allerliebster Sohn! ich meine, mein Herz zerschmölze, ich kann Ihnen nicht viel mehr schreiben. Ihre Braut sähe Sie in dieser Welt noch einmal gern; allein, was soll ich sagen und raten? ich kann nicht mehr, weil mir die Tränen häufig aufs Papier fallen. Gott! du kennest mich, daß ich gern die Reisekosten bezahlen will! aber raten darf ich nicht, fragen Sie den rechten Ratgeber, dem ich Sie auch von Herzen empfehle. Ich, Ihre Mutter, Braut, und die Kinder grüßen Sie alle tausendmal, ich bin in Ewigkeit

    Ihr getreuer Vater

                        Peter Friedenberg.

Stilling stürzte wie ein Rasender von einer Wand an die andre, er weinte nicht, seufzte nicht, sondern sah aus wie einer der an seiner Seligkeit zweifelt; er besann sich endlich so viel daß er seinen Schlafrock auswarf, seine Kleider anzog, und mit dem Brief zu Herrn Goethe hintaumelte. Sobald er in sein Zimmer hineintrat, rief er mit Seelenzagen: »Ich bin verloren! da lies den Brief!« Goethe las, fuhr auf, sah ihn mit nassen Augen an, und sagte: »Du armer Stilling!« Nun ging er mit ihm zurück nach seinem Zimmer. Es fand sich noch ein wahrer Freund, dem Stilling sein Unglück klagte, dieser ging auch mit. Goethe und dieser Freund packten ihm das Nötige in sein Felleisen; ein anderer suchte Gelegenheit für ihn, wodurch er wegreisen könnte, und diese fand sich, denn es lag ein Schiffer auf der Preusch parat, der den Mittag nach Mainz abfuhr, und Stillingen gern mitnahm. Dieser schrieb indessen ein paar Zeilen nach Hause, und kündigte seine baldige Ankunft an. Nachdem nun Goethe das Felleisen bereit hatte, so lief er und besorgte Proviant für seinen Freund, trug ihm den ins Schiff; Stilling ging reisefertig mit. Hier letzten sich beide mit Tränen. Nun fuhr Stilling im Namen Gottes ab, und sobald er nur auf der Reise war, so fühlte er sein Gemüt beruhigt, und es ahndete ihm, daß er seine Christine noch lebendig finden, und daß sie besser werden würde; doch hatte er auch verschiedene Bücher mitgenommen, um zu Hause sein Studieren fortsetzen zu können. Es war vorjetzo die bequemste Zeit für ihn zu reisen; denn die mehresten Kollegia hatten aufgehört, und die wichtigsten hatten noch nicht wieder angefangen.

Auf der Reise bis Mainz fiel eben nichts Merkwürdiges vor. Er kam des Freitags abends um sechs Uhr daselbst an, bezahlte seinen Schiffer, nahm sein Felleisen unter den Arm, und lief nach der Rheinbrücke, um Gelegenheit auf Köln zu finden. Hier hörte er nun, daß vor zwo Stunden ein großer bedeckter Nachen mit vier Personen abgefahren sei, der noch wohl für viere Raum habe, und daß dieser Nachen über Nacht zu Bingen bleiben würde. Alsbald trat ein Schiffer herzu, welcher Stillingen versprach, ihn für vier Gulden in drei Stunden dahin zu schaffen, ungeachtet es sechs Stunden von Mainz nach Bingen sind. Stilling ging diesen Akkord ein. Indem sich nun der Schiffer zur Fahrt bereitete, fand sich ein exzellentes knappes Bürschchen mit einem kleinen Felleisen, ungefähr 15 Jahr' alt, bei Stilling ein, und fragte: ob es nicht erlaubt wäre, in seiner Gesellschaft mit nach Köln zu reisen? Stilling war's zufrieden, und da er dem Schiffer noch zween Gulden versprach, so war's der auch zufrieden.

Die beiden Reisende traten also in einen kleinen dreibordigen Nachen. Stillingen gefiel das schon gleich anfangs nicht, er äußerte seine Besorgnis, die beiden Schiffer aber lachten ihn aus. Nun fuhren sie fort. Das Wasser ging bis auf ein paar Finger breit an Bord, und wenn Stilling, der etwas lang war, nur ein wenig wankte, so glaubte er umzuschlagen, und alsdann ging das Wasser gänzlich an Bord.

Dieses Fuhrwerk war ihm fürchterlich, und er wünschte herzlich, auf dem Trockenen zu sein, indessen ließ er sich doch, um sich die Zeit zu kürzen, mit seinem kleinen Reisegefährten in ein Gespräch ein. Da hörte er nun mit Erstaunen, daß dieser Knabe, der ein Sohn einer reichen Witwe in H... war, so wie er da bei ihm saß, ganz allein nach dem Vorgebürge der Guten Hoffnung reisen wollte, um daselbst seinen Bruder zu besuchen. Stilling verwunderte sich aus der Maßen, und fragte ihn: ob seine Frau Mutter in seine Reise eingewilliget habe? »Keinesweges!« antwortete der Knabe: »ich bin heimlich fortgegangen, sie ließ mich in Mainz arretieren, aber ich hielt so lange an, bis sie mir erlaubte zu reisen, und mir einen Wechsel von eilfhundert Gulden schickte. Ich hab einen Oheim in Rotterdam, an den bin ich adressiert, der soll mir ferner forthelfen.« Stilling beruhigte sich nun wegen des jungen Menschen, denn er zweifelte nicht, daß dieser Oheim geheime Ordre haben würde, ihn mit Gewalt bei sich zu halten.

Während diesen Gesprächen fühlte Stilling Kälte an seinen Füßen; er sahe zu und fand, daß das Wasser in den Nachen drang, und daß der Schiffer, der hinter ihm saß, wacker schöpfte. Nun wurd' ihm aber im Ernst bang, und er begehrte ausdrücklich, man sollte ihn an der Binger Seite ans Land setzen, er wollte gern den akkordierten Lohn völlig geben, und bis Bingen zu Fuße gehen, allein die Schiffer wollten gar nicht, sondern ruderten nur fort. Stilling gab sich also selbst ans Schöpfen, und er hatte nebst seinen Gefährten genug zu tun, den Nachen leer zu halten. Indessen ward's dunkel, sie näherten sich den Gebürgen, es erhub sich ein Wind, und es stieg ein schwarzes Gewitter auf. Der Knabe fing im Nachen an zu zagen, und Stilling geriet in eine tiefe Schwermut, welche noch vergrößert wurde, als er merkte, wie die Schiffer durch eine Zeichensprache zusammen redeten, so daß sie gewiß etwas Böses im Sinn hatten.

Nun ward es völlig Nacht, das Gewitter rückte heran, es stürmte und blitzte, so daß der Nachen auf und ab schwankte, und der Untergang alle Augenblick gewisser wurde. Stilling kehrte sich innerlich zu Gott, und bate herzlich, daß er ihn doch erhalten möchte, besonders wenn seine Christine noch länger leben sollte, damit sie nicht durch eine Schreckenspost von seinem unglücklichen Tod ihre Seele in Kummer aushauchen möchte. Sollte sie aber zu ihrer Ruhe schon übergegangen sein, so gab er sich mit Freuden an Gottes Willen über. Indem er so dachte, sah er auf, und nah vor sich einen Mastbaum von einer Jacht, er rief mit starker Stimme um Hülfe, in dem Augenblick war ein Schiffmann mit einer Leuchte, und langen Haken auf dem Verdeck. Seine Schiffleute ruderten mit aller Macht abwärts, allein es gelung ihnen nicht, denn weil sie nahe am Ufer hinfuhren, so trieb sie Wind und Strom auf die Jacht an, und eh' sie's vermuteten, war der Haken im Nachen, und der Nachen am Schiff. Stilling und sein Gefährte waren mit ihren Felleisen auf dem Verdeck, ehe sich's die Bösewichter von Schiffern versahen. Der Schiffmann leuchtete mit der Leuchte hin, und fing an: »Ha, ha! seid ihr die T...-Kerls, die vor einigen Wochen die zween Reisenden da unten vertränkt haben? wart, laßt mich wieder nach Mainz kommen!« – Stilling warf ihnen ihren vollen Lohn herab ins Nächelchen, und ließ sie laufen. Wie froh war er aber und wie dankte er Gott! als er dieser Gefahr entronnen war. Nun gingen sie unten in die Kajüte. Die Schiffer waren von Koblenz, und brave Leute. Sie aßen alle zusammen, und nun legten sich beide Reisende ins Gepäcke, das daselbst war, und schliefen ruhig, bis wieder der Tag anbrach. Nun befanden sie sich vor Bingen, sie gaben den Schiffern ein gutes Trinkgeld, stiegen aus, und sahen ihren Nachen, mit dem sie nach Köln fahren wollten, daselbst an einen Pfahl gebunden.

Nicht weit vom Ufer war ein Wirtshaus, Stilling mit seinem Kameraden ging da hinein, und in die Stube, welche voller Stroh gespreitet war. Dort in der Ecke lag ein vortrefflicher ansehnlicher Mann. Eine Strecke von demselben ein Soldat. Wieder einen Schritt weiter ein junger Mensch, der einem versoffenen Kauz von Studenten so ähnlich sahe als ein Ei dem andern. Der erste hatte eine baumwollene Mütze über die Ohren gezogen, und einen Mantelrock auf der Schulter hangen, sein russischer Frack war um die Füße gewickelt. Der andre hatte sein Schnupftuch um den Kopf gebunden und den Soldatenrock über sich her, und schnarchte. Der dritte lag da mit bloßem Haupt im Stroh, und ein englischer Frack lag quer über ihn her; er richtete sich auf, sah überquer in die Welt, wie einer, der den vorigen Abend zuviel ins Branteweinglas geguckt hatte. Hinten im Eck lag etwas, man wußte nicht was es war, bis es sich regte und zwischen Tüchern und Kissen hervorguckte: nun entdeckte Stilling, daß es eine Gattung von Weibsmenschen war.

Stilling betrachtete diese herrliche Gruppe eine Weile mit Freuden, endlich fing er an: »Meine Herren, ich wünsche Ihnen allerseits einen glückseligen Morgen, und gute Reise!« – Alle drei richteten sich auf, gähnten, räusperten sich, und was dergleichen erste Morgensverrichtungen mehr sind; sie guckten auf, sahen da einen langen lächelnden Mann mit einem muntern Knaben bei sich stehen; sie sprungen alle auf, machten ein Kompliment, ein jeder auf seine Weise, und dankten freundlich.

Der vornehmste Herr war ein Mensch von einer hohen und edlen Gesichtsbildung, dieser trat vor Stilling und sagte: »Wie kommen Sie so früh her?« Stilling erzählte kurz und gut, wie es ihm ergangen war. Mit einer edlen Miene fing dieser Herr an: »Sie sind doch wohl kein Kaufmann, Sie kommen mir so nicht vor!« – Stilling verwunderte sich über diese Rede, er lächelte und sagte: »Sie müssen sich gut auf die Physiognomie verstehn, ich bin auch kein Kaufmann, ich studiere Medizin!« Der fremde Herr sah ihn ernst an, und versetzte: »Sie studieren also in der Mitte Ihres Lebens, da müssen wohl ehe Berge zu übersteigen gewesen sein, oder Sie haben spät gewählt!« – Stilling erwiderte: »Beides hat bei mir Platz. Ich bin ein Sohn der Vorsehung, ohne ihre sonderbare Leitung wär' ich entweder ein Schneider oder ein Kohlenbrenner!« Stilling sagte dieses mit

Nachdruck und Herzensbewegung, wie er immer tut, wenn er auf diese Materie kommt. Der Unbekannte fuhr fort: »Sie erzählen uns wohl unterwegens Ihre Geschichte!« »Ja«, sagte Stilling »von Herzen gern!« Nun klopfte ihn jener auf die Schulter, und sagte: »Sein Sie wer Sie wollen, Sie sind ein Mann nach meinem Herzen.«

Ihr, die ihr meinen Bruder Lavater so peitscht, woher kam's, daß dieser vornehme Fremde Stillingen im ersten Anblick liebgewann? und welches ist die Sprache, welches sind die Buchstaben, die er so geschickt zu lesen und zu studieren wußte? –

Nun wurde auch der Student munter, er war auch ein wackerer Mann, er grüßte Stillingen, desgleichen auch der Soldat. Stilling fragte: ob die Herren frühstückten? »Ja«, sagten sie alle: »Wir trinken Kaffee!« »Ich auch«, setzte Stilling hinzu; er lief hinaus und bestellte. Als er wieder hereinkam, fragte er: »Kann ich wohl die Ehre haben, mit meinem Gefährten von Dero angenehmen Gesellschaft bis Köln zu profitieren?« Alle sagten einmütig, ja! es würde ihnen Ehre und Freude machen. Stilling bückte sich. Nun kleideten sie sich alle an, und das Frauenzimmer dahinten legte auch sehr schamhaft ein Stück nach dem andern an. Sie war Haushälterin bei einem geistlichen Herrn in Köln, und folglich sehr behutsam in Gesellschaft fremder Mannsleute, wiewohl sie das gar nicht nötig hatte, denn sie war über alle Maßen häßlich.

Der Kaffee kam, Stilling setzte sich vor den Tisch, zog den Kranen der Kaffeekanne vor sich und fing an zu zapfen; er war aufgeräumt, und in seiner Seelen vergnügt, warum? weiß ich nicht. Der fremde Herr setzte sich neben ihn, und klopfte ihn wieder auf die Schulter, der Soldat setzte sich auf seine andere Seite und klopfte ihn da auf die Schulter, die beiden jungen Leute aber setzten sich hinter den Tisch, und das Frauenzimmer saß dahinten, und trank aus einem Kännchen allein.

Nach dem Frühstück setzte man sich in den Nachen, und Stilling merkte, daß niemand den fremden Herrn kannte. Dieser drung Stilling, daß er seine Lebensgeschichte erzählen möchte. Sobald sie durch das Bingerloch gefahren waren, fing er damit an, und erzählte alles ohne das mindeste zu verschweigen, sogar seine Verlöbnis, und das Schicksal seiner jetzigen Reise sagte er aufrichtig. Der Unbekannte ließ zuweilen helle Tränen fallen, der Soldat desgleichen, und beide wünschten von Herzen, zu vernehmen, ob und wie er seine Verlobte angetroffen habe. Alle beide waren nun vertraut mit ihm, und nun fing auch der Soldat an:

»Ich bin aus dem Zweibrückschen, und von geringen Eltern geboren, doch wurde ich fleißig zur Schule gehalten, um durch Wissenschaft zu ersetzen, was mir an Erbschaft mangelte. Nachdem ich von der Schulen kam, nahm mich ein gewisser Beamter zum Schreiber bei sich. Ich war da einige Jahre: seine Tochter war mir geneigt, und wir wurden gute Freunde, sogar daß wir uns fest verlobten, und uns verbanden, nie zu heuraten, wenn man uns etwas in den Weg legen würde. Meine Herrschaft entdeckte dieses bald, und nun wurde ich fortgejagt. Doch fand ich noch ein Stündchen mit meiner Verlobten allein zu reden, bei welcher Gelegenheit wir unser Band noch fester knüpften. Darauf ging ich nach Holland und ließ mich zum Soldaten annehmen; ich schrieb sehr oft an meine Geliebte, bekam aber nie Antwort, denn man hatte alle Briefe aufgefangen. Ich wurde darüber so verzweifelt, daß ich oft den Tod suchte, doch hatt' ich noch immer Abscheu vor dem Selbstmord.

Bald darauf wurde unser Regiment nach Amerika abgeschickt; die Kannibalen hatten Krieg gegen die Holländer angefangen, ich mußte also mit. Wir kamen in Surinam an, und meine Kompanie lag in einem sehr abgelegenen Fort. Ich war noch immer bis auf den Tod betrübt, und wünschte nichts mehr, als daß mich doch endlich einmal eine Kugel treffen möchte, nur schauderte ich vor der Gefangenschaft, denn wer will wohl gerne aufgefressen werden! Ich hielte deswegen beständig bei unserm Kommandanten an: er möchte mir doch einige Mannschaft mitgeben, um gegen die Kannibalen zu streifen; dieses geschah, und da wir immer glücklich waren, so machte er mich zum Sergeanten.

Einsmals kommandierte ich funfzig Mann; wir durchstrichen einen Wald, und kamen weit von unserer Festung ab; wir hatten alle unsre Musketen mit gespannten Hahnen unter dem Arm. Indem fiel ein Schuß auf mich; die Kugel pfiff mein Ohr vorbei. Nach einer kleinen Pause geschah das wieder. Ich schaute hin, und sah einen Wilden wieder laden. Ich rief ihm, zu halten, und richtete das Gewehr auf ihn. Er war nah bei uns. Er stand, und wir fingen ihn. Dieser Wilde verstand holländisch. Wir zwangen ihn, daß er uns ihr

Oberhaupt verraten, und zu demselben hinführen mußte. Es war nicht weit bis dahin. Wir fanden einen Trupp Wilden, die in guter Ruhe lagen. Ich hatte das Glück, ihr Oberhaupt selber zu fangen. Wir trieben ihrer so viel vor uns her, als wir ihrer erhalten konnten, viele aber entwischten.

Hierdurch hatte nun der Katzenkrieg ein Ende. Ich wurde Leutnant zur See, und kam mit meinem Regiment wieder nach Holland. Nun reiste ich mit Urlaub nach Hause, und fand meine Braut noch so, wie ich sie verlassen hatte. Da ich nun mit Geld und Ehre versehen war, so fand ich keinen Widerstand mehr, wir wurden getraut, und nun haben wir schon fünf Kinder zusammen.«

Diese Geschichte ergötzte die Reisegesellschaft. Nun hätten sowohl der Leutnant, als auch Stilling gern des Unbekannten nähere Umstände gewußt, allein er lächelte und sagte: »Verschonen Sie mich damit, meine Herren! ich darf nicht.«

So verfloß dieser Tag unter den angenehmsten Gesprächen. Gegen Abend bekamen sie Sturm, und fuhren deswegen zu Leitersdorf unterhalb Neuwied ans Land, wo sie über Nacht blieben. Der liederliche Bursche, den sie bei sich hatten, war ein Straßburger, und seinen Eltern entlaufen. Dieser machte mit dem kleinen Passagier bald Freundschaft. Stilling warnte letztern höchlich, besonders seinen Wechsel nicht sehen zu lassen, allein das alles half nicht. Er hörte hernach, daß der Knabe um all sein Geld gekommen, und der Straßburger sich aus dem Staube gemacht hatte.

Des Abends, als man schlafen gehen wollte, fanden sich nur drei Betten für fünf Personen. Sie losten, welche zwei und zwei beisammen schlafen sollten, und da fielen die zween Burschen zusammen, der Leutnant auf eins allein, und der fremde Herr mit Stillingen bekamen das beste. Hier bemerkte nun Stilling die geheimen Kostbarkeiten seines Schlafgesellen, die etwas sehr Hohes anzeigten. Er konnte diese Art zu reisen, mit einem so hohen Stand nicht zusammenreimen, er begonn bald, Verdacht zu schöpfen; doch, als er merkte, daß der Fremde vertraut mit Gott war, so schämte er sich seines Verdachts und war ruhig. Sie schliefen unter allerhand vertraulichen Gesprächen ein, und des andern Morgens reisten sie wieder ab, und kamen des Abends gesund und wohl zu Köln an. Hier wurde der Fremde tätig. Es gingen in allem Geheim vornehme

Leute bei ihm ab und zu. Er besorgte sich ein paar Bediente, kaufte Kostbarkeiten ein, und was dergleichen Umstände mehr waren. Sie logierten alle zusammen im »Geist«. Ungeachtet nun Betten genug daselbst vorrätig waren, so wollte doch der Fremde wieder bei Stilling schlafen. Dieses geschah auch.

Des Morgens eilte Stilling fort. Er und der Fremde umarmten und küßten sich. Letzterer sagte zu ihm: »Ihre Gesellschaft, mein Herr! hat mir außerordentliches Vergnügen gemacht. Fahren Sie nur fort in Ihrem Lauf, so werden Sie's in der Welt weit bringen, ich werde ihrer nie vergessen.« Stilling äußerte noch einmal sein Verlangen, zu wissen, mit wem er gereist habe. Der Fremde lächelte, und sagte: »Lesen Sie die Zeitung fleißig, wenn Sie nach Hause kommen und wenn Sie den Namen *** finden werden, so denken Sie an mich.«

Stilling reiste nun zu Fuß fort, er hatte noch acht Stunden bis Rasenheim. Unterwegens besann er sich auf den Namen des Fremden, er war ihm bekannt, und doch wußte er nicht, wo er mit ihm hin sollte. Nach acht Tagen las er in der Lippstädtischen Zeitung folgenden   Artikel:

Köln, den 19ten Mai.

Der Herr von *** Ambassadeur des **** Hofes zu **** ist in größtem Geheim heute hier durch nach Holland gereist, um wichtige Angelegenheiten   zu   besorgen.

Des zweiten Pfingsttags also am Nachmittag kam Stilling zu Rasenheim an. Er wurde mit tausend Freudentränen empfangen. Christine aber war sich ihrer selbst nicht bewußt, denn sie redete irre, daher als Stilling bei sie kam, stieß sie ihn weg, denn sie kannte ihn nicht. Er ging ein wenig auf ein ander Zimmer, indessen erholte sie sich, und man brachte ihr bei, daß ihr Bräutigam angekommen sei. Nun konnte sie sich nicht mehr halten. Man rief ihn; er kam. Hier ging nun die zärtlichste Bewillkommung vor, die man sich nur denken kann, aber sie kam Christinen teuer zu stehen; sie geriet in die heftigsten Konvulsionen, so daß Stilling in äußerster Traurigkeit drei Tage und drei Nächte an ihrem Bette, ihren letzten Stoß abwartete. Doch gegen alles Vermuten erholte sie sich wieder, und binnen vierzehn Tagen war sie ziemlich besser, so daß sie zuweilen am Tage etwas aufstand.

Nun wurde diese Verlöbnis überall bekannt. Die besten Freunde rieten Herrn Friedenberg, beide kopulieren zu lassen. Dieses wurde bewilliget, und Stilling nach vorhergegangenen gewöhnlichen Formalitäten 1771 den 17ten Junius am Bette mit seiner Christinen zum Ehestand eingesegnet.

In Schönenthal wohnte ein vortrefflicher Arzt, ein Mann von großer Gelehrsamkeit und Wirksamkeit, noch immer mehr und mehr die Natur zu studieren, dabei war er ohne Neid und hatte das beste Herz von der Welt. Dieser teure Mann hatte Stillings Geschichte zum Teil von seinem Freunde, dem Herrn Troost, gehört. Stilling hatte ihn auch bei dieser Gelegenheit verschiedenemal besucht, und sich seine Freundschaft und Unterricht ausgebeten. Dieser hieß Dinkler, und bediente eine weitläuftige Praxis.

Herr Doktor Dinkler also und Herr Troost wohnten Stillings Kopulation bei; und bei dieser Gelegenheit schlugen sie ihm beide vor, daß er sich in Schönenthal niederlassen möchte, besonders weil eben just ein Arzt daselbst gestorben war. Stilling wartete abermal auf einen nähern Wink von Gott daher sagte er; er wolle sich darauf bedenken. Allein die beiden Freunde, Herr Doktor Dinkler und Herr Troost, gaben sich alle Mühe, eine Wohnung in Schönenthal für ihn auszuspähen, und diese fanden sie auch, noch ehe Stilling wieder verreiste; auch versprach der Herr Doktor, seine Christine während seiner Abwesenheit öfters zu besuchen, und für ihre Gesundheit zu sorgen.

Herr Friedenberg fand nun auch eine Quelle für ihn an Geld zu kommen, und nachdem nun alles angeordnet war, so rüstete sich Stilling wieder zur Abreise nach Straßburg. Des Abends vor diesem traurigen Tage ging er auf die Kammer seiner Gattin. Er fand sie da mit gefalteten Händen auf den Knien liegen. Er trat bei sie, und sahe sie an: Sie war aber starr wie ein Stück Holz. Er fühlte an ihren Puls, der ging ganz ordentlich. Er hob sie auf, redete ihr zu, und brachte sie endlich wieder zurechte. Die ganze Nacht verging unter beständigen Trauren und Kämpfen.

Des andern Morgens blieb Christine auf ihrem Angesicht im Bette liegen. Sie faßte ihren Mann um den Hals, weinte und schluchzte beständig. Er riß sich endlich mit Gewalt von ihr. Seine beiden Schwäger begleiteten ihn bis Köln. Noch des andern Tages, ehe er sich in den Postwagen setzte, kam ein Bote von Rasenheim und brachte die Nachricht, daß sich Christine nun beruhigt habe.

Dieses machte Stillingen Mut, er fühlte nun eine große Erleichterung, und er zweifelte nicht, er würde seine getreue liebe Christine gesund wiederfinden. Er empfahl sie und sich in die Vaterhände Gottes, nahm Abschied von seinen Brüdern, und fuhr fort. –

Binnen sieben Tagen kam er, ohne Gefahr, oder sonst etwas Merkwürdiges erfahren zu haben, wieder gesund und wohlbehalten in Straßburg an. Sein erster Gang war zu Goethe. Der Edle sprang hoch in die Höhe, als er ihn sahe, fiel ihm um den Hals und küßte ihn: »Bist du wieder da, guter Stilling!« rief er, »und was macht dein Mädchen?« Stilling antwortete: »Sie ist mein Mädchen nicht mehr, sie ist nun meine Frau.« »Das hast du gut gemacht«, erwiderte jener; »du bist ein exzellenter Junge.« Diesen halben Tag verbrachten sie vollends in herzlichen Gesprächen und Erzählungen.

Der bekannte sanfte Lenz war auch nun daselbst angekommen. Seine artige Schriften haben ihn berühmt gemacht. Goethe, Lenz, Leose und Stilling machten jetzt so einen Zirkel aus, in dem es jedem wohl ward, der nur empfinden kann, was schön und gut ist. Stillings Enthusiasmus für die Religion hinderte ihn nicht, auch solche Männer herzlich zu lieben, die freier dachten als er, wenn sie nur keine Spötter waren.

Nun setzte er seine medizinische Studien mit allem Eifer fort, und ließ nichts aus, was nur zum Wesen dieser Wissenschaft gehört. Den folgenden Herbst disputierte Herr Goethe öffentlich, und reiste nach Hause. Er und Stilling machten einen ewigen Bund der Freundschaft zusammen. Leose reiste auch ab nach Versailles, Lenz aber blieb da.

Den folgenden Winter las Stilling, mit Erlaubnis des Herrn Professor Spielmanns, ein Kollegium über die Chymie, präparierte auf der Anatomie vollends durch, was ihm noch fehlte, repetierte noch ein und anders, und darauf schrieb er seine lateinische Probeschrift selbsten, ohne jemandes Beistand. Diese dedizierte er auf spezielle höchste Erlaubnis, Ihro Kurfürstl. Durchl. zu Pfalz, seinem gnädigsten Landesfürsten, ließ sich examinieren, und rüstete sich zur Abreise.

Hier war nun abermal viel Geld nötig, er schrieb das nach Hause. Herr Friedenberg erschrak darüber. Des Mittags über Tisch wollte er seine Kinder einmal probieren. Sie saßen da alle groß und klein. Der Vater fing an: »Kinder! euer Schwager hat noch so viel Geld nötig, was dünkt euch, wolltet ihr ihm das wohl schicken, wenn ihr's hättet?« Sie antworteten alle einhellig. »Ja! und wenn wir auch unsre Kleider ausziehen, und versetzen sollten!« Das rührte die Eltern bis zu den Tränen, und Stilling schwur ihnen ewige Liebe und Treue, sobald er's hörte. Mit einem Wort, es kam ein Wechsel nach Straßburg, der hinlänglich war.

Nun disputierte Stilling mit Ruhm und Ehre. Herr Spielmann war Dekanus. Als ihm der nach geendigter Disputation die Lizenz gab, so brach er in Lobsprüche aus und sagte: daß er lange niemand die Lizenz freudiger gegeben habe, als gegenwärtigem Kandidaten, denn er habe mehr in so kurzer Zeit getan, als viele andere in fünf bis sechs Jahren, usw.

Stilling stand da auf dem Katheder; die Tränen flossen ihm häufig die Wangen herunter. Nun war seine Seele lauter Dank gegen den, der ihn aus dem Staube hervorgezogen, und zu einem Beruf geholfen hatte, worinnen er, seinem Trieb gemäß, Gott zu Ehren und dem Nächsten zum Nutzen, leben und sterben konnte.

Den 24sten März 1772 nahm er von allen Freunden zu Straßburg Abschied, und reiste fort. Zu Mannheim überreichte er seinem Durchlauchtigsten Kur- und Landesfürsten seine Probeschrift, desgleichen auch allen denen Herren Ministern. Er wurde bei dieser Gelegenheit Korrespondent der Kurpfälzischen Gesellschaft der Wissenschaften, und darauf reiste er bis nach Köln, wo ihn Herr Friedenberg mit tausend Freuden empfing; unterwegens begegneten ihm auch seine Schwäger zu Pferde und holten ihn ab. Den 5ten April kam er, in Gesellschaft gemeldeter Freunde, zu Rasenheim an. Seine Christine war oben auf ihrem Zimmer. Sie lag mit dem Angesicht auf dem Tisch und weinte mit lauter Stimme. Stilling drückte sie an seine Brust, herzte und küßte sie. Er fragte, warum sie jetzt weine? »Ach!« antwortete sie: »ich weine, daß ich nicht Kraft genug habe, Gott für alle seine Güte zu danken.« »Du hast recht, mein

Engel!« versetzte Stilling: »aber unser ganzes Leben in Zeit und Ewigkeit soll lauter Dank sein. Freue dich nun, daß uns der Herr bis dahin geholfen hat!«

Den ersten Mai zog er mit seiner Gattin nach Schönenthal in sein bestimmtes Haus, und fing seinen Beruf an. Herr Doktor Dinkler und Herr Troost sind daselbst die treuen Gefährten seines Gangs und Wandels.

Bei der ersten Doktorpromotion zu Straßburg empfing er durch einen Notarium den Doktorgrad, und dieses war nun auch der Schluß seines akademischen Laufs. Seine Familie im salenschen Land hörte das alles mit entzückender Freude. Wilhelm Stilling aber schrieb im ersten Brief an ihm nach Schönenthal:

»Ich hab gnug, daß mein Sohn Joseph noch lebt, ich muß hin, und ihn sehen, ehe ich sterbe.«

Dir nah ich mich – nah mich dem Throne;
  Dem Thron der höchsten Majestät!
Und mische zu dem Jubeltone
  Des Seraphs auch mein Dankgebet.

Bin ich schon Staub – ja Staub der Erden,
  Fühl ich gleich Sünd' und Tod in mir,
So soll ich doch ein Seraph werden.
  Mein Jesus Christus starb dafür.

Wort ist nicht Dank. – Nein! edle Taten,
  Wie Christus mir das Beispiel gibt,
Vermischt mit Kreuz, mit Tränensaaten,
  Sind Weihrauch den die Gottheit liebt.

Dies sei mein Dank, wozu mein Wille
  Sei jede Stunde Dir geweiht!
Gib, daß ich diesen Wunsch erfülle
  Bis an das Tor der Ewigkeit!

Über tredition

Eigenes Buch veröffentlichen

tredition wurde 2006 in Hamburg gegründet und hat seither mehrere tausend Buchtitel veröffentlicht. Autoren veröffentlichen in wenigen leichten Schritten gedruckte Bücher, e-Books und audioBooks. tredition hat das Ziel, die beste und fairste Veröffentlichungsmöglichkeit für Autoren zu bieten.

tredition wurde mit der Erkenntnis gegründet, dass nur etwa jedes 200. bei Verlagen eingereichte Manuskript veröffentlicht wird. Dabei hat jedes Buch seinen Markt, also seine Leser. tredition sorgt dafür, dass für jedes Buch die Leserschaft auch erreicht wird.

Im einzigartigen Literatur-Netzwerk von tredition bieten zahlreiche Literatur-Partner (das sind Lektoren, Übersetzer, Hörbuchsprecher und Illustratoren) ihre Dienstleistung an, um Manuskripte zu verbessern oder die Vielfalt zu erhöhen. Autoren vereinbaren direkt mit den Literatur-Partnern die Konditionen ihrer Zusammenarbeit und partizipieren gemeinsam am Erfolg des Buches.

Das gesamte Verlagsprogramm von tredition ist bei allen stationären Buchhandlungen und Online-Buchhändlern wie z. B. Amazon erhältlich. e-Books stehen bei den führenden Online-Portalen (z. B. iBookstore von Apple oder Kindle von Amazon) zum Verkauf.

Einfach leicht ein Buch veröffentlichen: **www.tredition.de**

Eigene Buchreihe oder eigenen Verlag gründen

Seit 2009 bietet tredition sein Verlagskonzept auch als sogenanntes "White-Label" an. Das bedeutet, dass andere Unternehmen, Institutionen und Personen risikofrei und unkompliziert selbst zum Herausgeber von Büchern und Buchreihen unter eigener Marke werden können. tredition übernimmt dabei das komplette Herstellungs- und Distributionsrisiko.

Zahlreiche Zeitschriften-, Zeitungs- und Buchverlage, Universitäten, Forschungseinrichtungen u.v.m. nutzen diese Dienstleistung von tredition, um unter eigener Marke ohne Risiko Bücher zu verlegen.

Alle Informationen im Internet: **www.tredition.de/fuer-verlage**

tredition wurde mit mehreren Innovationspreisen ausgezeichnet, u. a. mit dem Webfuture Award und dem Innovationspreis der Buch Digitale.

tredition ist Mitglied im Börsenverein des Deutschen Buchhandels.

Dieses Werk elektronisch lesen

Dieses Werk ist Teil der Gutenberg-DE Edition DVD. Diese enthält das komplette Archiv des Projekt Gutenberg-DE. Die DVD ist im Internet erhältlich auf **http://gutenbergshop.abc.de**

MIX
Papier | Fördert
gute Waldnutzung
FSC® C083411

Zeitfracht Medien GmbH
Ferdinand-Jühlke-Straße 7
99095 Erfurt, Deutschland
produktsicherheit@kolibri360.de